さわらびの譜

葉室 麟

角川文庫
19504

目次

さわらびの譜

一

——ひゅっ、ひゅっ

矢羽が風を切る音が響く。

有川家《ありかわけ》では、毎朝、この音を聞きながら奉公人が起き出す。有川家の家族も朝の身支度をしているおりに、中庭の隅に設《しつら》えられた矢場《やば》から響いてくる音に耳を傾けるのが習慣だった。

春とはいえ、まだ肌寒い日の早暁、霧が立ち込めて庭木も白く霞《かす》む中、弓を引く音が間断なく聞こえていた。

当主の将左衛門《しょうざえもん》が障子を開けて庭を眺め遣《や》ると、不意に風を切る音が途切れた。将左衛門は、

(伊也《いや》め、狙いをはずしおったな)

と、にやりとした。有川家は代々、弓術を伝えてきており、将左衛門の祖父は扇野《おうぎの》藩の弓術師範を務めた。しかし、父の代になって勘定奉行に任じられたことから、御

用繁多を理由に師範を遠慮するようになったのだ。父子相伝で印可《いんか》を与えてきたのだが、将左衛門の子は伊也と初音《はつね》の娘ふたりだけで、男子はいない。

このため姉妹のどちらかに婿を取り、印可も婿になった者に与えるのだろうと周囲は思っていたらしいが、将左衛門は思いがけないやり方を選んだ。姉の伊也が六歳になった時、弓術の稽古《けいこ》を始めさせたのだ。

仮に婿をとって印可を与えるといっても、有川家が伝える弓術流派は日置流雪荷派《へきりゅうせっかは》である。藩の弓術師範は二十年前から大和流《やまとりゅう》の磯貝八十郎《いそがいやじゅうろう》が務めており、家中《かちゅう》の若侍は大和流の弓術を稽古している。弓術の流派にさほどこだわらなくともよいではないかという親戚《しんせき》の声に、将左衛門は、

「日置流雪荷派弓術は御家芸である。これをほかの流派で稽古した者に伝えれば、作法に乱れが生じよう」

と頑固に言い張った。弓術の流派は古く武田《たけだ》流や逸見《へんみ》流、小笠原《おがさわら》流、秀郷《ひでさと》流などがあったが、大和の出身だと伝わる日置弾正正次《だんじょうまさつぐ》が創始し、広く世に伝わったのが日置流弓術だった。

正次は戦国時代に弓術修行のため諸国を遊歴して弓術の真髄を悟り、近江《おうみ》の六角《ろっかく》佐々木氏の家臣だった吉田出雲守重賢《いずものかみしげかた》に〈唯授一人《ゆいじゅいちにん》〉の印可を与えた。

古来、源頼義《みなもとのよりよし》や源義家《よしいえ》は弱い弓でも兜《かぶと》を射通すのが普通だったが、その技が伝わ

らなくなっていたのを日置弾正が工夫して秘伝とした。

雪荷派は吉田流の分派として吉田六左衛門重勝《ろくざえもんしげかつ》が始め、重勝の号雪荷が流派名となった。雪荷の号がついた由来は面白い。

吉田六左衛門は関白豊臣秀次《とよとみひでつぐ》に仕えていたが、主命により弓を作った。冬の雪が降る日、できあがった弓をかつぎ、蓑笠姿《みのかさ》で馬に乗って登城した。蓑笠が白く雪で覆われた姿を矢倉《やぐら》から見ていた秀次が、

「雪を負った形が面白いゆえ、号をつけてやろう」

と言って雪荷の号を与えたという。日置流には雪荷派のほかに、印西派《いんさい》や出雲派、道雪派《どうせつ》、寿徳派《じゅとく》、左近衛門派《さこんえもん》、大蔵派《おおくら》、山科派《やましな》などがある。

大和流は、はじめ幕府の与力だったが後に島原藩松平家《しまばらまつだいらけ》に仕えた森川総兵衛秀一《そうべえひでかず》、号して、香山《こうざん》、観徳軒《かんとくけん》が始めた流派で、各流派の長所を取り入れている。中でも、

――射術は日置を離れざる

として技の根幹は日置流であるとした。総兵衛は大和出身であることから大和を流派名とし、神道《しんとう》を弓術の理念にしているところが特異だと言える。

将左衛門は大和流の作法が御家芸である雪荷派に混じることを嫌った。そのために考え出したのが、姉娘の伊也に稽古をつけることだった。しかし、二年後に妹娘の初音が六歳になっても弓術を仕込もうとはしなかった。

将左衛門は伊也に弓術の天稟《てんぴん》を見ていた。実際、伊也は弓の稽古に熱中し、六歳から始めて十八歳になるまで一日も欠かすことなく弓を引いた。

さらに伊也は弓の名人の話などを将左衛門から聞くのを好んだ。特に伊也が目を輝かせたのは、加賀《かが》藩前田家に仕えた弓の名手吉田大蔵の話だった。

ある年の秋、前田侯の邸《やしき》に七、八人の大名が集まって宴会が開かれ、そのおり、空を渡る雁《かり》の鳴き声が聞こえてきた。それを聞いた大名のひとりが、

「あの雁を吸い物にしたら、これに過ぐるものはないであろう」

と言い出した。前田侯は笑ってうなずき、傍らに控えていた吉田大蔵を顧みて、

「あれを射よ」

と命じた。大蔵は床の間に飾ってあった弓矢をとって空に向けて引き絞り、やがて雁が飛び来るや、ひょお、ひょお、と二度矢を放って見事に二羽の雁を射落とした。

大名たちは喝采《かっさい》し、

「さすが前田殿はよき家臣をお持ちだ」

と褒め称《たた》えた。ところが、宴が終わり、大名たちが帰った後、大蔵は御次《おつぎ》の間《ま》に伺候し、前田侯に永《なが》の暇《いとま》を願い出た。驚いてしばし黙考した前田侯は、大蔵を呼び入れて、

「わしが間違うておった。これよりは慎むゆえ、わが家に留《とど》まってくれい」

とねんごろに声をかけた。大蔵は前田侯の言うことを黙って承り、

「かかる仰せでございますならば是非に及ばず」

と答えてそのまま前田家に仕えた。後に大蔵は周囲に語った。

「士《さむらい》が武を磨くは、宴の慰みのために非《あら》ず。射損じれば、切腹せざるを得ぬ成り行きは避けられぬであろうし、主君の恥にもなる。かようなことが度々あれば、万一の場合は犬死《いぬじに》に終わる恐れもあるゆえ、暇をもらい、物事をわきまえた主《あるじ》に仕えようと思ったのだ」

将左衛門からこの話を聞いた伊也は満足げに、

「まこと武門の気概を知る思いがいたします」

と感じたところを述べた。将左衛門は笑って問《と》うた。

「狩りのおりならば弓矢で鳥や獣を獲るのは珍しくもなかろうが、弓の名人だからといって雁を射ないのは技の出し惜しみだと見られるかもしれぬ。雁を射させられたというだけの理由で、御家から出ていこうとするのは、短慮で家臣として不遜《ふそん》なようにも思えるが、どうじゃ」

「武士が矢を射るのは魔を祓《はら》い、御家を守護せんがためです。武士の弓矢を猟師の具と同様に扱うならば神罰が下るのではありませんか。吉田大蔵様は何よりそれを恐れられたのではないかとわたくしは思います」

将左衛門は伊也の答えに満足して、ほかに問わなかった。しかし、気に入らないから出ていくという大蔵の気性は、伊也に似ていなくもない、と気にはなった。

伊也は気性も男勝りで、弓の稽古の際は髪を若衆髷《わかしゅうまげ》のように後ろで引き結び、胸が弦に当たらぬよう晒《さらし》をきつく巻いて、稽古着に袴《はかま》をつけるという男装をした。

今年の正月に城下の八幡《はちまん》神社で行われた弓術奉納試合のおりにも日置流雪荷派として男装で出場した。試合というが、弓矢で互いを射るわけではない。

神社の一の鳥居をくぐった東側の林沿いに設えられた射場《いば》で、太鼓を十度打ち鳴らす間にいくつ的を射貫《いぬ》けるかを競うのだ。和紙をかためて作った的は、丸い形をしており、差し渡しは一寸八分の大きさだった。的の裏側に〈鬼〉と墨で書かれているのは、悪鬼を弓矢で射て退治し、五穀豊穣《ほうじょう》を祈るという神事でもあるからだ。

すらりとのびた背筋をしならせ、きりっとした容貌《ようぼう》の伊也が弓を引くと、見物の武家だけでなく町人、百姓も息を呑《の》んで見守り、的を射るたびに境内にどよめきが起きた。

この日の試合は大和流の樋口清四郎《ひぐちせいしろう》が、伊也より一個多く的を射貫いて制したものの、瞬く間に伊也は、

——弓矢小町
と城下で評判されるようになった。その噂を耳にした初音は、姉の美しさがようや

く皆に知れ渡ったと嬉《うれ》しく思った。しかし、当の伊也はそのような噂を一顧だにせず、試合で負けたことを口惜《くや》しがる様を見せるだけだった。

伊也は試合の日以来、稽古に一層、励むようになり、将左衛門に、

「いま一度、樋口様と競わせてください。次は決して負けはいたしませぬ」

と訴えた。将左衛門はひとまず叱る口振りで、

「女人の身で男と競って何とする」

と言いはしたが、伊也の負けぬ気の強さを内心では喜んだ。だが、母親の吉江《よしえ》は伊也の弓術修行にはいい顔をせず、将左衛門をもたびたび難じた。

「世間から女だてらにと蔑《さげす》まれるだけだと存じますが、なにゆえ望むままにさせておられるのでございましょうか」

将左衛門はこれを黙って聞き流していたが、有川家に寄寓《きぐう》している新納左近《にいろさこん》という武士が、

「奥方様のおっしゃることはもっともだと存じます。弓矢は武士の表芸でござれば、女子《じょし》の嗜《たしな》みは他にございましょう」

と言うと、少し困ったような顔をして頭をかきながら言い添えた。

「やはり、御家芸を伝えたい思いが捨てきれぬのでございましょうな」

左近はそれ以上は口にしなかったらしいが、この話を伝え聞いた伊也が、

「女子を侮っておられる」

と腹立たしげに告げると、初音は、穏やかな口調で、

「新納様はおやさしい方ですから、武張《ぶば》ったことがお嫌いなのでしょう」

となだめた。実際、左近は有川屋敷に来てから自室として与えられた部屋で静かに書物を読んでいることが多い。肌も女人のように白く、細面の左近は読書にふける君子人《くんしじん》の趣があった。

左近は江戸の旗本の三男で、今年二十五歳になる。学問の道を志しているが、粕谷《かすや》一斎《いっさい》という儒学者の推薦で藩に召し抱えられる話が進んでいるらしい。

近々、藩主の千賀谷《ちがや》左京大夫晴家《さきょうのだいぶはるいえ》が参勤交代で帰国するであろうから、その際に正式に決まるだろう、と将左衛門は家族に話していた。

日頃、穏やかな物言いをする左近が、伊也の弓術に関して差し出がましいとも思える口を利いたのは訝《いぶか》しいことだったが、初音が左近をかばい立てしたのも珍しかった。

伊也と二歳違いの初音は、十六歳になったというのに、まだ子供気が抜け切れず、居候に近い左近とも親しく言葉を交わしたりしているようだ。

伊也が左近のことを、

「武士たる者が武張ったことを嫌うとはどういうおつもりなのであろう」

と口にしたあとで、書物ばかり読んでいては青びょうたんになってしまうでしょう

に、と妹にだけ言える悪口を漏らすと、初音は伊也の顔をのぞき込んだ。

「青びょうたんになってもいいかもしれません。皆が、姉上のようだったら大変ですもの」

「どう大変だというのです？」

「朝から弓ばかり引いていると、合戦でもするしかないではありませんか」

「わたくしは合戦などしません」

伊也がむきになって軽く睨《にら》むと初音は首をすくめ、やがてふたりは顔を見合わせて噴き出した。それが一昨日《おととい》のことだった。


将左衛門は、この日の朝、朝餉《あさげ》をすませると出仕前に娘ふたりを居室に呼んだ。母親の傍らに並んで、伊也と初音は将左衛門の前に座った。伊也は朝稽古《あさげいこ》を終えたばかりで常と変わらず男装をしている。

将左衛門は、娘ふたりの顔を交互に見て真面目な顔をした。

「伝えておくことがある」

話を切り出した将左衛門は、ひと呼吸置いて口を開いた。

「縁談が来ておる」

将左衛門の言葉を聞いて、伊也は眉《まゆ》をひそめた。

「父上、わたくしはまだ弓術を修行いたしておる身でございますゆえ、嫁に参りとうないと存じております」

「わかっておる。この縁組話はそなたへではない。初音にだ」

当然、姉である自分に来た話だろうと思っていた伊也は、はっとした。隣で初音も驚いたらしく、息を呑む気配が伝わってきた。

将左衛門はおもむろに初音の顔を見つめた。

「相手は先日、伊也が弓を競った樋口清四郎殿だ」

清四郎の名を聞いて、伊也の顔がかすかに強張《こわば》った。将左衛門はちらりと伊也に目を向けた後、

「姉が嫁ぐ前に妹の縁組話を進めるのは順を違《たが》えておるが、先方はすぐすぐにと言っておるわけではない。まずは許嫁《いいなずけ》ということで、婚儀は二年後でとの話だ」

と言い、初音に否やを口にさせぬ口振りで、よいな、と決めつけた。初音は吉江と伊也をうかがい見てから、不意に頬を染めて頭を下げた。

伊也は何も言わず、黙したままだった。

姉妹の居室にしている二間続きの部屋に戻った初音は、文机《ふづくえ》の前に座った伊也にすがりつくような声音で、

「姉上、よろしいのでしょうか」

と頼りなげに訊《き》いた。

「なにがです？」

「樋口様との縁組です」

初音は困惑した表情で言った。

「縁組は家同士で決めるものです。父上が承知なされたのであれば、それに従うしかありません」

「姉上は樋口様のことを、まことに見事なる武士とお見受けしたと話しておられました」

八幡神社で行われた奉納試合が終わって屋敷に戻ってくるなり、伊也は、初音とふたりだけの部屋で、

「最後に競った樋口清四郎様は凜々《りり》しく、武士としての覚悟が定まったお方であった。弓術も秀でておられ、わたくしは樋口様が弓を引かれる姿を目にすることができただけでも得るところがあった」

と心を弾ませた様子で話した。そのおり、初音は、伊也が他家の男子についてこれほど好もしそうに話すのを初めて聞いた気がして目を丸くした。

「姉上、樋口様はたとえて言うなら、どのようなお方でございましょうか」

訊かれて、伊也はしばらく考え込んだ後、

「源平の屋島《やしま》の戦いのおりに扇を射貫かれた那須与一《なすのよいち》のような方かもしれませぬ」

とつぶやいた。

屋島での合戦のおり、平家方が小舟に女官を乗せて、扇を立て、この扇を射てみよ、と挑んだ際、源義経《よしつね》の命を受けて波打ち際に馬を走らせた那須与一は馬上で弓を引き絞り、見事に一矢で扇を射た。

晴れ渡った空の下で源平両軍が見守る中を、あでやかな女官が乗る小舟に向かって矢を射かける若武者の姿はさぞや美しかったであろうと、姉妹はその様を思い浮かべて同時にため息をついた。

その日以来、初音はひそかに会ったこともない樋口清四郎に思いを致すようになっていた。姉も同じ思いを抱いているのではないかと感じていた初音は、将左衛門から清四郎との縁談を告げられた時、嬉しさだけでなく伊也への気遣いも湧いた。

初音にとって清四郎は会ったこともない相手だから、慕情と言うには淡すぎる思いであった。

だが、伊也は八幡神社の射場で弓を引きながら、競い合った清四郎に何かを感じ取ったのではないだろうか。そこに考えが及んだ初音は、自分に縁談が持ち込まれたことが大きな間違いのような気がしてきた。

「姉上、縁組をお断りしてはいけないでしょうか」

「何を言っているのです。武家の娘であれば、家同士が決めたことには従うほかありません。それが嫌なら――」

言いかけた言葉を呑んで口を閉じた伊也は、少しの間、考えをめぐらしていたが、やがてゆっくりと頭《かぶり》を振った。

「やはり駄目です。もう決まったことですから。おのれの恣意《しい》にまかせて家同士の取り決めを破るなど恥と思い定めねばなりません。武門はひとに恥じぬ生き方をしなければならないのです」

伊也は自分に言い聞かせるようにきっぱりと口にしたが、その表情には寂しさが浮かんでいたのを初音は見逃さなかった。

二

数日後、清四郎が仲人《なこうど》である書院番頭《しょいんばんがしら》の山科五郎右衛門《やましなごろうえもん》とともに有川家を訪れた。正式に許嫁となる前に一度、会っておいた方がいいという話になったようだ。

あらかじめ訪問の知らせがあり、初音は日頃、袖《そで》を通したことがない絹の小袖を着るように言われた。伊也もしとやかに娘らしい髪に結い、初音とふたりで客間に茶を持っていった。

羽織袴《はおりはかま》姿も清々《すがすが》しく、清四郎は将左衛門と笑顔で話していた。茶碗《ちゃわん》を清四郎に差し出す時、初音は緊張のあまり、危うく茶をこぼしそうになった。

どうにか取り繕って無事に茶碗を置き、伊也とともに控えると、五郎右衛門が洒脱《しゃだつ》な口調で、

「ほう、いずれあやめか杜若《かきつばた》でござるな。有川殿はよき娘御をもたれた」

と褒めそやした。将左衛門は表情を変えずに、

「さようでござろうか」

さりげなく受け流して清四郎に顔を向けた。

「樋口殿は八幡神社の奉納試合で伊也と顔を合わせておられたな」

「さようにございます。伊也殿のお腕前、なかなかにお見事でございました」

「それゆえであろうか。此度《こたび》の話は初め伊也を娶《めと》りたいとのお申し出でござったか」

将左衛門の言葉に、伊也はどきりとした表情をして顔を伏せた。清四郎は落ち着いた様子で、

「有川様との縁談は父と山科様の間にて進められましたゆえ、それがしは与《あず》り知りませぬ。ただ縁談を持ちかける際には特に姉上様に、ということではなかったかと存じます」

と答えた。

将左衛門は何度かうなずいてから口を開いた。

「ならばようござった。伊也と顔を合わせたおりに、樋口殿がお気に召されて縁組の話を進められたのではないかと、少しばかり心にかかっており申した」

「さようでございますか」

「ご承知のごとく、わが家は日置流雪荷派を伝えておりますれば、他の流派の作法が入るのは好ましくござらぬ。それゆえ、下の娘との話であれば縁談を進めてもらっても構わぬ、と山科殿にはお返事いたした」

将左衛門は念を押すように清四郎の目を見た。

「姉と妹の嫁ぐ順が後先になれば世間体《てい》もあるかとは思いますが、わが家の都合のあることでござる。姉を出し惜しみいたすようで心苦しゅうはありますが、まずは流派を伝えることを考えねばなりませぬから」

「ごもっともな仰せにございます」

清四郎は軽く頭を下げたが、顔にはわずかながら落胆の色が浮かんでいた。すかさず五郎右衛門は咳払《せきばら》いした。

「実は樋口殿の父上が八幡神社の試合をご覧になったおりに、伊也殿を気に入られたのはまことでござる。されど、有川殿のご意向もうかがい、やむなく――」

言いかけて初音が顔色を変えているのに気づいた五郎右衛門は、また、咳払いをして口を閉じた。その様子を見て苦笑した将左衛門は、

「まあ、話の起こりがどうであったかはようござる。それよりも初音はひと通りのことは身につけておると存ずるが、姉とは違い、弓は引きませぬ。そのことはご承知おき願いたい」

と告げた。清四郎は膝《ひざ》を正して頭を下げた。

「承知いたしてござる」

清四郎の答えを聞いて、かすかに身じろぎした伊也が、将左衛門に顔を向けた。

「父上、樋口様に弓のことをお訊きいたしてもよろしゅうございましょうか」

将左衛門が苦い顔をして、不躾《ぶしつけ》なまねをいたすな、と叱ろうと口を開きかけた時、清四郎が微笑して言葉を挟んだ。

「なんなりとお訊きくだされ。それがしが存じておることならお答えいたします」

将左衛門の言葉も待たずに、伊也は、

「八幡神社での試合で、わたくしは樋口様に及びませんでした。樋口様には素早く弓を射る工夫をしておられると存じましたが、〈通し矢〉のためでございましょうか」

と訊いた。〈通し矢〉とは、京の三十三間堂の軒下を矢通《やどおり》として矢継ぎ早に矢を射通すことだ。

保元《ほうげん》の乱のころ、熊野《くまの》の武士が崇徳《すとく》上皇に味方して京に馳《は》せ参じた時、三十三間堂の軒下を射通したのに始まるといわれる。

三十三間堂は、正しくは蓮華王院《れんげおういん》の本堂で、後白河《ごしらかわ》法皇が平清盛《たいらのきよもり》に命じて創建し、本堂に千手《せんじゅ》観音像など千体あまりを安置している。

三十三間堂と通称されるが、実際の長さは六十六間（約百二十メートル）あり、この軒下を弓で射て矢を通すのだ。

戦国時代に弓の上手がしばしば三十三間堂で〈通し矢〉を行うようになり、慶長《けいちょう》四年（一五九九）に日置流印西派の吉田五左衛門《ござえもん》が千射を試みてから、

――大矢数《おおやかず》
を競うようになった。こうして毎年、春から初夏にかけて各藩の弓の名手が京の三十三間堂に会して〈通し矢〉を行った。

加賀藩の弓の名手である吉田大蔵も〈通し矢〉に挑み、七回行って六回も天下一となった。これにならって寛文《かんぶん》九年（一六六九）に尾州《びしゅう》の星野勘左衛門《ほしのかんざえもん》が通し矢八千本、貞享《じょうきょう》三年（一六八六）に紀州《きしゅう》の和佐《わさ》大八郎が、八千百三十三本という未曾有《みぞう》の記録を生み出していた。

〈通し矢〉は京の三十三間堂だけでなく、東大寺大仏殿西回廊や江戸深川《ふかがわ》の三十三間堂でも行われていた。

扇野藩でもかつて三十三間堂での〈通し矢〉に挑ませるべく八幡神社本殿脇に板塀をめぐらした堂形《どうがた》をつくった。

堂形とは紀州藩などが藩士に〈通し矢〉の稽古《けいこ》をさせるために三十三間堂を模してつくったものだ。

扇野藩では本格的な堂を建てないで、板囲いに簡素な屋根を差し渡した長さ六十間の射場をつくって稽古に励ませた。まだ天下一の記録に挑む者は出ていないが、それでも、

——千射祈願

と称して、千本を射通そうと試みる藩士は毎年いた。清四郎はこれに挑むつもりではなかろうかと伊也は思ったのだ。将左衛門が顔をしかめて伊也を叱責《しっせき》した。

「わしの許しも得ず、客人に物を訊《たず》ねるなど言語道断のことだ。疾《と》く下がれ」

「申し訳ございません」

伊也は手をつかえて頭を下げたが、いっこうに立ち上がる様子はなく、清四郎の返事を待つ気配を見せた。

「お察しの通り千射祈願をいたしたいと存じております」

「わたくしも試みたいと念じておりますが、かないましょうか」

伊也は清四郎の顔をひたと見つめて問うた。将左衛門はさすがに我慢がなりかねる

という顔つきで、

「伊也、客人に無礼である。下がれ——」

と怒鳴り声をあげた。なおも見つめる伊也に、清四郎は黙ってうなずいて見せた。伊也の望みをしかと受け止めたという表情をしている。伊也は将左衛門に深々と頭を下げた。

「出過ぎたことをいたしました。お詫《わ》び申し上げます」

「もうよい、部屋に戻れ」

苦虫を噛《か》み潰《つぶ》したような顔の将左衛門にうながされるまま伊也は客間を後にした。入れ替わるように廊下に膝をついたのは新納左近だった。後ほど、客間に顔を出すよう将左衛門から言われていたのだ。

左近は伊也が客間からあわただしく出ていくのを見て、少し驚いた顔をしたが、片手をついて、

——有川殿
と声をかけた。将左衛門は表情をやわらげて、

「おお、見えたか。お呼び立てして相すまぬ」

と軽く頭を下げた。左近が客間に入ってきたのを見て、清四郎と五郎右衛門はなぜか、少し緊張した顔になった。

「江戸から参り、有川殿のお世話になっております、新納左近と申します。お見知りおきください」

丁寧に頭を下げて言う左近に、清四郎と五郎右衛門は辞儀を返して、それぞれに名のった。

左近は落ち着いた表情で挨拶《あいさつ》を交わしたが、ふと、将左衛門に目を向けた。

「伊也殿には何かございましたか。たいそう、きついお顔で出ていかれましたが」

「いささか客人に無礼がありましたゆえ、叱りつけたのでござる」

「さようですか」

左近は微笑を浮かべただけでそれ以上は訊《き》かなかったが、清四郎が左近に会釈してから将左衛門に問いかけた。

「伊也殿は千射祈願をなさりたいご様子でしたが、此度《こたび》の催しについてはご存じないのでございましょうか」

将左衛門は迷惑そうに眉《まゆ》をひそめた。

「女子供には関わりなきゆえ、話してはおり申さぬ」

「なにゆえでございましょうか。伊也殿の腕前はすでに家中でも評判になっております。磯貝先生も有川様のご存念をうかがいたいご様子でございました」

「埒《らち》もないことを申される」

将左衛門は話を打ち切る口振りで言った。左近が少しばかり首をかしげて、

「催しとはいかなるものでございますか」

と訊ねると、清四郎はにこりとして答えた。

「実は千射祈願をやりたいと望む者があまりに多いゆえ、此度はあらかじめ選《え》りすぐるために御前試合が行われることになりました」

「御前試合ですと？」

「さよう、殿の御前で的を射て当たった数を競い、さらに一刻《いっとき》の間に百射を途切れずに行うのでござる。百射をなす者は多かろうと存じますが、一度たりとも途切れぬよう射るのは、なかなかに難しゅうござる」

「なるほど、それは面白そうでございますな」

左近はうなずくと、将左衛門に目を向けた。

「いかがでございますか。伊也殿を御前試合に出されましては」

「これは異なことを申される。新納殿は、弓矢は女子の弄《もてあそ》ぶものではない、と言われたではござらぬか」

「いかにもさようでございますが、だからと申して修行の道を閉ざすのもいかがなものでございましょうか。それに〈通し矢〉の御前試合とあらば、場所は八幡神社でございましょう。それがしにもいささか都合がよいかと存じます」

さりげなく左近が言うと、将左衛門はしばらくの間、考え込む風であったが、

「わかり申した」

と渋々答えた。その言葉に清四郎は嬉《うれ》しげな表情をした。そんな清四郎の様子を見た初音は、戸惑う面持ちをして目を伏せた。

この日の夕刻、夕餉《ゆうげ》をすませてから将左衛門は伊也に御前試合のことを告げた。

「さような催しがあるのでございますか」

「そうだ。しかし、千射祈願ができるのは、御前試合に勝ち残れた唯《ただ》一人だ。いや、万が一、そなたが御前試合に勝ち残れたとしても女子の力で千射祈願を果たすのは無理である。さような際は、ご辞退申し上げねばならぬぞ」

将左衛門が念を押すように言って聞かせるが、伊也は、はい、とうなずくばかりで試合に出られるという嬉しさに胸を躍らせていた。

居室に戻った伊也は初音に、

「あの後、何があったのですか」

と訊ねた。初音はやるせなさそうに声を落として答えた。

「姉上も御前試合に出られてはどうか、と樋口様が父上に言われたのです」

「樋口様がお口添えしてくださったのですか」

「はい。新納様も言葉を添えられました」

「新納様までも？　なぜでしょうか」

伊也が首をかしげると、初音は、

「さあ、わたくしは存じません」

と突き放した言い方をした。伊也は微笑して重ねて訊いた。

「どうして、そんな言い方をするのです」

すぐには答えないで初音は何やら考えている風であったが、しばらくしてつぶやいた。

「皆様、姉上のことばかりをご心配になっておられます。きょうは、わたくしの縁組でお出《い》でくだされたはずでしたのに」

伊也は、ああ、とため息をついて頭を下げた。

「そうでした。あなたの一生に一度のお話だというのに、わたくしは千射祈願の話をしてしまったのですね。いまさらですが、謝ります」

日頃、気丈な姉から一度も謝られたことがない初音は、驚いて伊也の顔を見直した。伊也は目を潤ませ、頰をわずかに紅潮させている。

初音は伊也の心の昂《たか》ぶりが自分への詫びの気持からではなく、ほかに気を取られてのことだという気がした。

伊也が試合に出られるよう、父に口添えしてくれたことへの感謝の気持もあるだろうけれど、清四郎と心が通じ合えた喜びもあるのではないか。そんなことに思いをめぐらせている初音の傍らで伊也は、

「樋口様にお礼を申し上げねば。ご助言がなければ、わたくしは御前試合のことなど知りもしなかったでしょう。それに、〈通し矢〉についてお訊きしておきたいこともあります」

何かに憑《つ》かれたように独り言を言った。

その言葉を聞いて、初音は耳を疑った。伊也は清四郎に礼を言うため訪ねるつもりなのだろうか。

「姉上、樋口様をお訪ねいたすのはいかがかと思います。世間でどのように言われるかわからないではありませんか」

真剣な表情で初音が言うと、伊也は笑った。

「さようなことは案じなくてもよいのです。〈通し矢〉をご祈願なさっておられるのですから、樋口様は必ず八幡神社の堂形で稽古《けいこ》をしておられましょう。何度か通ううちにお目にかかれるおりもありましょう。弓矢のことをお訊《たず》ねするのであれば、ひと目を気にしなくてもよいでしょう」

伊也は妹の許嫁《いいなずけ》と会うことに何のためらいも感じていないようだ。

「さようでしょうか」

初音は不安になったが、重ねて止め立てするのも憚《はばか》られて口をつぐんだ。

将左衛門は伊也に御前試合のことを告げた後、左近の居室へ足を向けた。

小さく声をかけてすっと居室に入った将左衛門は向かい合って座ると、すぐに左近の顔をのぞき込んで、

「まことによろしいのでござるな」

と訊いた。左近は鷹揚《おうよう》な微笑を浮かべた。

「城中でお会いしてはまわりの目がうるさかろうし、伊也殿が御前試合に出られるのであれば、この屋敷の者がこぞって参っても不審は抱かれぬかと」

「されど、もしものことがあれば神社の境内でもあり、われらは守り切れぬかもしれませんぞ」

将左衛門は不安げに口にした。

「さて、その時はそれがしの身の不運と諦《あきら》めるほかありませんな」

「さようにあっさりと諦めていただいては困る。これには藩の浮沈がかかっており申す」

目を剝《む》いて語調を強める将左衛門に、左近はゆったりとした物言いで応じた。

「されば、そのためにも伊也殿の千射祈願の矢で魔を祓《はら》ってもらう方がよいのではありませんかな」

その言葉を聞いたとたんに将左衛門は虚を衝《つ》かれたような顔をした。御家を守護するため弓矢で魔を祓う、と伊也はよく口にしていた。

将左衛門は、伊也が放つ矢の風を切る音を聞いたような気がした。

三

藩主が帰国するのは三月初めだそうで、まだひと月余りある。

時おり、伊也は参詣《さんけい》と称して、八幡神社に足を運んだが、清四郎の姿を見かけることはなかった。

諦めずに通ううちに、桜が咲き始めたある日、堂形で弓弦《ゆづる》の鳴りと風を切る矢音がするのを耳にした。

その鋭い響きを聞いただけで、清四郎が矢を射ているとわかった。

堂形の周囲には桜が立ち並び、日差しに照り映えていた。

清四郎は白っぽい稽古着姿で床に安座の姿勢をとり、そばに矢筒を置いている。やや身をかがめた低い姿勢から矢を放つ。

清四郎が放った矢は少し上向きの弧を描いて真っ直ぐに飛び、堂形の端を過ぎて地面に落ちた。矢が落ちた先をたしかめる間も惜しんで、すぐ次の矢をつがえる。間断なく同じ姿勢で射ては、矢筒に手をのばして矢をつがえる動きがなめらかで、まるで舞を見ているようだ、と伊也は感嘆した。

いつの間にか伊也は、清四郎の技を見取り稽古のように見つめていた。

さらに二十本ほど矢を射た後、清四郎は静かに弓を下ろし、伊也に目を向けて笑いかけた。

「いかがですか。これが〈通し矢〉でござる」

声をかけられて、伊也ははっと我に返った。どのような表情をして清四郎の稽古を見つめていたのだろう、と少しきまり悪い思いをしつつ、伊也は堂形に近づいて頭を下げた。

「先日は、父に御前試合のことをお話しくださいまして、ありがたく存じました。おかげさまで父から御前試合に出ることを許されてございます」

「それはようございました」

清四郎は何気なく言うと、床に胡坐《あぐら》をかいて座り、矢筒を脇に寄せてそばに来るよう伊也に声をかけた。

戸惑いながらも近づいた伊也に、清四郎は弓と矢を見せた。

〈通し矢〉のために短めに作られた船底型の弓を使っているようだ。矢は鏃《やじり》をつけず、矢羽も小さめで軽くなるように仕上げた麦粒《むぎつぶ》と呼ばれるものだ。

「〈通し矢〉は矢のつがえや引き、離れなどに独特の工夫がいります。有川様は伊也殿に教えておられますか」

「いいえ、父は〈通し矢〉は弓矢の本義ではないと申しまして」

「さようか」

うなずいた清四郎は、上られよ、と伊也に言った。

伊也は言われるまま草履《ぞうり》を脱ぎ、堂形の床に立った。清四郎は、伊也に弓矢を持たせて背後にまわった。

矢のつがえ方から、引き方、さらに矢を放った後の動作にいたるまで、清四郎は背後から手をとって教えた。

伊也は先ほどまで弓を引いていた清四郎の汗のにおいを嗅《か》いだ。それは男らしい、たくましさが感じられるにおいだった。

むせるようなにおいに包まれて清四郎の指先が手や肩にふれるたびに、伊也の体の中を熱い血潮がどくどくとめぐる。

伊也は清四郎に背後から手をそえられて矢をつがえた。放った瞬間、伊也の肩先にふれた清四郎の手にわずかに力が込められ、体を引き寄せられた。

伊也は胸の高鳴りを覚えて体を預けた。

堂形を抜ける矢を見た清四郎は、一瞬息を凝らしてはっと我に返り、伊也の肩から手を離し、わずかに声をうわずらせて、

「お見事でござる」

と言った。頭を下げた伊也は清四郎の顔を見ることができなかった。

今、ほんのわずかな間だったが、清四郎と体がふれあったと思った。胸の騒《ざわ》めきは鎮まらず、体の芯《しん》に火照《ほて》りを感じていた。

「ご指導、ありがたく存じました」

伊也は清四郎の顔にまともに目を向けられないまま頭を下げるなり堂形を去った。

清四郎は声をかけてこなかった。そのことが却《かえ》って、ふたりの間に秘め事ができたように思えて、伊也の心を動揺させていた。

(このようなことが起きはしないだろうかと心のどこかで願い、わたくしは堂形に通ったのだろうか)

そうではない、と打ち消そうとしても、いつの間にか甘美な思いが心を満たし、伊也は狼狽《ろうばい》した。

伊也は得体が知れない恐ろしいものから逃れるかのように、うつむいたまま小走りに境内を出ていった。

十日ほど過ぎて藩主が帰国すると、三日後に御前試合が八幡神社で行われることが公《おおやけ》になった。すでに桜は満開になっている。

御前試合の日、伊也はいつもの稽古着ではなく紋服袴《はかま》の男装をした。家僕を連れた初音が身支度を手伝うために付き添い、なぜか供を申し出た左近とともに八幡神社へ向かった。

境内に用意された支度所に入った伊也は白鉢巻を締め、白襷《しろだすき》をかけた。御前試合に出場するのは伊也を含む十三人だった。

皆、黙々と弓矢などの道具をととのえて試合の刻《とき》を待っている。支度所の端にいる清四郎が目に入っていたが、伊也は素知らぬ顔をして支度に専念した。

清四郎はあの日以降、有川屋敷を訪れることはなく、伊也も堂形を再び訪れなかったため、顔を見るのはひさしぶりだった。

初音が清四郎を気にしている様子が手に取るようにわかり、心を落ち着かせなければと伊也が目を閉じようとした時、左近が、

「それがし、いささか用事ができ申した」

と言って支度所から出ていった。

用事とは何だろうと、伊也は首をかしげて初音と顔を見合わせた。左近は出ていっ

たまま試合の刻限になっても戻ってこなかった。

やがて試合が始まる合図の太鼓が打ち鳴らされ、皆は試合場へと出た。

設《しつら》えられた御座所に二十三歳の若い藩主の晴家が座っている。隣に首席家老の丹生帯刀《にうたてわき》と次席家老の渡辺兵部《わたなべひょうぶ》、側用人《そばようにん》の三浦靫負《みうらゆきえ》が座り、将左衛門始め奉行たちも居並んでいる。

首席家老の丹生帯刀はすでに年齢も六十歳を過ぎ、鶴のように痩《や》せている。若いころは辣腕《らつわん》で知られたが、年を重ねるごとに温厚篤実な人柄が目立つようになり、権勢の座にも恬淡《てんたん》としていた。

このため次席家老の渡辺兵部がひとを集めて自らの派閥を作り、帯刀の引退後は首席家老にのぼって藩政を牛耳ろうと野心に燃えていた。年齢は将左衛門より三歳ほど下の四十七歳、ととのった精悍《せいかん》な顔立ちで鼻が高くあごがとがっている。

三浦靫負は兵部の派閥にこそ入らないものの同じ年齢で若いころから盟友の間柄だった。大柄でのっぺりとした顔立ちで目が細くあごは丸かった。

兵部はすでに執政会議では主流である。しかし、やり手であるだけに、商人からの賂《まいない》の噂がつきまとい露骨な情実人事を行うとして兵部を嫌う者も藩内に少なくはなかった。

そんな藩士たちが、質実剛健で政事《まつりごと》の場においては常に清廉潔白である将左衛門を慕って集まるのも自然の成り行きだったろう。

将左衛門にとっては栄達の道など関心の外だったが、慕い集まってくる者たちが藩政を憂うる声に耳を傾けないわけにはいかなかった。

将左衛門自身、藩の現状を憂いており、若い藩士たちに押し立てられるならば、兵部と争ってでも、藩政を改革する道を切り開きたいと考えるようになっていた。

藩主晴家への諫言《かんげん》をもひそかに行おうという目論見《もくろみ》もあるだけに、伊也が百射に挑む場に藩主晴家や兵部と同席した将左衛門には別な緊張感があった。

弓術師範の磯貝八十郎はすでに六十になるが、鍛えた足腰がしっかりしており、鷲《わし》鼻《ばな》の厳しい顔立ちで髪も黒々として、壮年のころと変わらないように見受けられる。

裃《かみしも》姿で試合場に立った八十郎は、扇子を手に渋い声で、

「ただいまより仕《つかまつ》る」

と始まりを告げた。伊也始め出場した者は小姓が打ち鳴らす太鼓の音にしたがって、まずは射場に出て的を射た。

伊也が的に向かって大きく弓を引き絞り、見事に的を射貫《いぬ》くと喚声こそ起きないものの、ため息が漏れて、見物するひとびとの間に静かな騒めきが広がった。

次々に的を射ていくにつれ、優劣はすぐに決まった。的を射貫いた数において図抜けていたのは、やはり伊也と清四郎だった。

的を射る競技が終わると、八十郎はふたりを呼び寄せて晴家の御前に控えさせた。八十郎は、ふたりの名を晴家に告げたうえで、

「百射を競うのはこの両人のみにございます」

と言上《ごんじょう》した。晴家は満足げにうなずいて、

「両人ともまことに弓の上手じゃ。いずれも劣らぬよう力を尽くせ」

と声をかけた。

晴家は〈通し矢〉の支度ができるまでいったん御座所から休息の間に下がった。将左衛門が従って出ていった。

伊也と清四郎はそれぞれ〈通し矢〉の支度をした。右手に鹿皮の弓懸《ゆがけ》をはめ、弓をとる。伊也は清四郎から教えられたように〈通し矢〉用の弓と矢をそろえていた。

それをさりげなく見た清四郎はうなずいて、自らの矢筒と弓を手に伊也の傍らを通り過ぎる際、低い声で、

「心を落ち着かせてなされよ」

と囁《ささや》くように言った。伊也は清四郎の言葉を聞いて、すっと胸が軽くなるのを感じた。八十郎の指示により、伊也が先に堂形にあがった。

あの日、見た時よりも射通さなければならない距離がさらに遠く思えたが、焦りはなかった。

心を落ち着かせてなされよ、という清四郎の声が耳に残っていた。
矢筒の傍らに八十郎の門弟が控えていた。矢筒から矢をとり、射手《いて》に渡すためだ。矢を渡す者との呼吸が合わなければ〈通し矢〉は失敗すると言われる。
大きく息を吐いて伊也は弓を構え、矢をつがえた。
太鼓が鳴る。
伊也の放った矢が風を切って堂形を突き抜けていく。矢の行方も見ずに伊也は次の矢をつがえた。その瞬間、矢を放ち、すぐに次の矢をつがえる動作に入っていた。一瞬のためらいもない、なめらかな動きを心がける。
伊也はいつの間にか背後に清四郎が立っているような心持ちになっていた。
清四郎の手に導かれるまま矢をつがえ弦を離す。それはまるで、清四郎の手が背に当てられたおりの動きのようでもあった。
呼吸を乱さず、高鳴る思いを込めて次々と矢を放つ。気がついた時には、
どーん
どーん
どーん
と太鼓が三度、続けざまに打ち鳴らされた。
〈通し矢〉が終わったことを告げる合図だった。

伊也は、自分がなしとげたのかどうかもわからぬまま堂形を下り、晴家の前に片膝《かたひざ》をついて控えた。八十郎が静かに歩み出て、

「百に候」

と言った。伊也が百射に成功したと宣告したのだ。会場からどよめきが起き、伊也はほっと胸をなで下ろす思いだった。八十郎は続けて、

「樋口清四郎、仕れ」

と声を高くした。

伊也は急いで会場の隅に行き堂形に目を向けた。背筋をぴんと伸ばした清四郎がおもむろに弓を構えた。焦りのない静かな佇《たたず》まいだった。

その構えの大きさに伊也は見惚《みと》れた。

(わたくしは清四郎様に及ばない)

構えを見ただけで、それがわかった。しかし、及ばないとわかったうえで口惜《くや》しさはなく、むしろ喜ばしさを感じるのはなぜなのだろう。

太鼓が打ち鳴らされ、清四郎が〈通し矢〉を始めた。堂形を飛ぶ矢はどれも力が籠《こも》り、乱れがなかった。

「なんと見事な」

伊也が思わずつぶやいた時には、すでに矢数は九十を超えていた。

清四郎が百を達成するのは容易だ、と伊也が思った時、ざわっ、と木の葉がこすれ合う音とともに一陣のつむじ風が起きた。

試合場のまわりの桜が散り、花吹雪となった。

清四郎が矢を放ったところだった。堂形の板壁に桜の花びらが舞い飛び、つむじ風が吹き荒れた。

清四郎の放った矢は風で押し流され、板壁に当たって床に落ちた。

伊也はあっと息を呑《の》んだ。すでに次の矢をつがえていた清四郎も信じられない光景を見たように凝然と立ちすくんだ。

どーん

どーん

どーん

〈通し矢〉の終わりを告げる太鼓が打ち鳴らされた。清四郎は青ざめた表情で堂形を下り、晴家の前に控えた。八十郎が進み出て、

「九十六に候」

とひややかに告げた。

晴家は不機嫌そうに立ち上がり、うなだれた清四郎に向かって、

「その方ほどの者が女子に負けるとは何ということぞ」

と言い残して、そのまま足音も荒く去っていった。がくりと肩を落とす清四郎の傍らで、八十郎が、

「風のせいにはいたすなよ。戦場にて風があったゆえ敵を倒せなんだ、など言い訳にもならぬ。きょうのそなたには岩をも射貫く気魄《きはく》がなかった。それゆえ、風に矢を流されたのだ」

と厳しく戒めた。清四郎はうなずいて、

「いかにも、それがしの修行がいまだ至らず、恥ずかしき限りでござります」

と答えた。八十郎はちらりと伊也を見て、

「心乱れる時、矢もまた乱れる。実に恐ろしきものじゃ」

とつぶやいた。

この日、屋敷に戻ってから伊也は御前試合に勝ったという喜びにひたれなかった。伊也に負けたことで、清四郎は面目《めんぼく》を失した。しくじるはずのない清四郎がなぜ百射に失敗したのだろう、と残念でならなかった。

こんなことなら、自分が先に失敗すればよかった、とさえ思った。しかし、弓矢をとる身にはそんなごまかしは許されない。

(清四郎様をどのようにお慰めしたらよいのだろうか)

そう考えた時、清四郎を慰められるのは許嫁《いいなずけ》である初音なのだ、と伊也は気づいた。

初音は時おり樋口屋敷を訪れたりしているようだ。

だが、許嫁でもない自分は何をすることも許されない、と思い至り、せつなさが増した。

あれこれ考えるうちに八十郎が伊也に目を向けて、

「心乱れる時、矢もまた乱れる」

とつぶやいたのが気にかかってきた。あれは、どういう意味だったのだろうか、と伊也は当惑した。


ひと月ほどたって、その意味がわかった。居室に伊也を呼んだ将左衛門は、厳しい顔をして、

「そなたの千射祈願は、しばらく延期になったぞ」

と告げた。伊也は、清四郎を案じるあまり千射祈願のことは考えてもいなかっただけに、黙ってうなずいた。しかし、将左衛門はさらに言葉を継いだ。

「千射祈願のお許しがすぐに出なかったのは、御前試合の後、奇怪な噂が流れたからだ」

「どのような噂でございましょうか」

伊也は不安な思いで訊《き》いた。将左衛門は目を厳しくして伊也を見つめた。

「御前試合を前に、そなたが勝ちを譲ってもらいたいがために樋口殿のもとへ参り、ふしだらな真似に及んだ、というのだ。まことにさようなことをいたしたのか」

伊也は突然、耳もとで雷が鳴ったような驚愕《きょうがく》を覚えた。

八十郎が試合場で漏らした言葉の意味はこういうことだったのか。清四郎は女人に心を乱され、勝ちを譲ったと思われているのだ。

「違います。さようなことは決していたしておりません」

伊也が必死になって言うと、将左衛門は念を押した。

「まことであろうな。わしもわが娘がさような不埒《ふらち》を働くとは思わぬ。しかし、そなたと樋口殿が御前試合の前に堂形で抱き合うていたなどと、まことしやかに言いふらしておる者がいるのだ」

堂形に赴いた際、誰かに見られていたのか、と伊也は愕然とした。あのおりは〈通し矢〉を教えてもらっただけで、何もやましいことはしていない。

伊也は胸の中で弁明したが、それでも、わずかではあったが清四郎の手に力が籠り、それを感じて胸にときめきを覚えたことを忘れてはいない。いや、忘れられなかった。

「違います、違います――」

繰り返して言いつつ、伊也は絶望の淵《ふち》に落とされていくのを感じていた。

四

伊也と清四郎の噂はほどなく藩主千賀谷晴家の耳にも達した。

「なに、あのおりに樋口らしからぬ振舞いがあったのは、さようなわけがあったと申すか」

黒書院で次席家老の渡辺兵部から噂を聞いた晴家は眉間《みけん》にしわを寄せた。傍らに三浦靱負も控えている。

怪しげな噂が流れたため重役の間で話し合い、伊也の千射祈願を延期することにしたという。

「よもや、とは存じますが、まことならば怪《け》しからぬことでございます。樋口は有川殿の下の娘御との間に縁談が進んでおると聞き及びまする。噂通りでありますれば、まさに破倫の所業と申すほかなく――」

そこで言葉を切り、兵部は厳しい表情になった。

兵部は将左衛門こそが首席家老昇進への強敵と見ているだけに、有川家にまつわる不祥事に小躍りしたい思いを抑えかねていた。

できれば、この件で将左衛門の面目を失墜させ、隠退にまで追い込みたいと胸算用していたのだ。

靫負がやや甲高い女のような声で言った。

「このままでは藩内への示しがつきませぬ。なんらかのご処断が必要かと存じます」

「そうか……」

口をゆがめてつぶやいた晴家はしばらく考えた後、

「弓術師範の磯貝八十郎を呼べ」

と命じた。兵部はかしこまって小姓を呼び寄せ、八十郎の召し出しを言いつけた。

半刻《はんとき》（一時間）ほどして八十郎が裃《かみしも》姿で黒書院の次の間に控えた。

「近う」

晴家に声をかけられた八十郎は膝《ひざ》を進み入れた。

「有川の娘と樋口清四郎の噂を耳にしたが、まことなら許し難い。そなたはどう思うておるか」

八十郎は手をつかえて言上した。

「樋口清四郎は下劣なる者ではございませぬ。噂されるようなことは断じてないと存じます。されど、さような噂を立てられましたのは、清四郎めに油断あったがゆえでもござりましょう。不届きを咎《とが》めねばならぬやもしれませぬ」

「なるほど、そうか」

しばし思案をめぐらしてから晴家はおもむろに口を開いた。

「噂が生じたのは樋口の不心得である。よって当分の間、出仕を控えさせるがよかろう。そもそも男女が武術を競ったことから、かような噂も立ったのであろう。それゆえ家中の女子に弓術稽古《けいこ》をやめるよう申し渡したいと思うがいかがじゃ」

「さて、それは――」

八十郎は目を伏せてわずかに首をかしげたが、やがて視線を戻して答えた。

「清四郎の出仕を控えさせるは、御前試合にて百射を仕損じる失態がありましたゆえ、やむを得ぬかと存じまするが、家中の女子に弓術稽古を禁じましては、今後、武術を鍛錬いたす女子がいなくなる恐れもございまする。それよりも有川様の娘御に千射祈願を辞退させれば示しがつきますかと存じまする」

八十郎が言い終えるや、兵部は不満げな表情で晴家をうかがい見た。しかし晴家は素知らぬ顔をして兵部と視線を合わさず、すぐさま言い添えた。

「ならば、さようにいたそう。樋口と有川の娘には追って沙汰《さた》いたすが、そなたよりあらかじめ告げておくがよい」

恭《うやうや》しく頭を下げる八十郎を見遣《みや》りつつ、脇息《きょうそく》にもたれた晴家は、

「それにしても、清四郎めは女子との勝負に負けたあげく、かような噂まで立てられるとは、まったくもって不心得者じゃ。噂がまことならば切腹を申し付けるところで

あるが」

と不機嫌そうにつぶやいた。

兵部と靫負は目を見交わしてうなずき合った。


この日の夕刻、城を下がった八十郎は、その足で有川屋敷を訪れた。

客間に通された八十郎は、将左衛門に、晴家の意向を伝える旨を告げて伊也の同座を求めた。

弓の稽古をしていて、いつものように髪を頭の後ろで引き結んだ伊也が緊張した面持ちで部屋に入り、座るのを待って八十郎は口を開いた。

晴家の意向を伝えた後、八十郎は、

「なにはともあれ、出仕差し控えと千射祈願の辞退ですむのであれば、これに越したことはないと存ずる。噂はいずれ消えるでござろうゆえ、時が過ぎれば何事もなかったことになりましょう」

と言葉を添えた。将左衛門は深くうなずいた。

「仰せの通りでござる。わが娘なれど、伊也は武芸熱心が過ぎてかような仕儀に相成り申した。これですむのでござれば、まずは重畳《ちょうじょう》と申すほかありますまい」

眉《まゆ》を曇らせて遣り取りを聞いていた伊也が黙っていられないという表情をして将左

衛門に顔を向けた。

「申し上げたいことがございますが、よろしいでしょうか」

将左衛門はわずかに眉をひそめたが、申せ、と言葉少なに応じた。伊也は八十郎に会釈して言い出した。

「わたくしが千射祈願を辞退いたしますのはともかくとしまして、樋口様が出仕を差し控えねばなりませぬのは得心が参りませぬ。噂は根も葉もないことでございます。このままではあたかもまことに何かがあったように世間に見做《みな》され、この後、樋口様のご出世に障るかと存じます」

伊也が言い終えるのを苦い顔で聞いた将左衛門が口を開きかけるのを、八十郎は手で制した。

「伊也殿、根もあり葉もある話でございますぞ」

「何をおっしゃいます」

「〈通し矢〉の技を堂形で清四郎から教わっていた伊也殿の姿をそれがしの門人が見かけたと申しておりますが、まことでござるか」

いきなり訊《き》かれて、まごついた伊也は言葉に詰まりながらも、

「たまたま堂形にてお会いしましたおりに、〈通し矢〉の工夫についてお訊《たず》ねしただけでございます」

と答えた。八十郎は目を鋭くして言葉を継いだ。

「それが、すでに不謹慎であるとは思われぬか。伊也殿は有川様より日置流雪荷派の弓術を伝授されておる身ですぞ。清四郎はそれがしの門人ゆえ、言うまでもなく大和流でござる。他流の者に軽々しく教えを請うべきではなく、また、教えるべきでもない。さようなことはわかっておられたはずだが、心に隙がござったと申すほかございませぬな」

「それは――」

伊也は言いよどんだ。

「伊也殿は百射の際に清四郎の矢が風に流されたのを不運と思われたかもしれぬが、矢は天地自然の中でおのれを貫き通して射るものでござる。されば心の隙に付け込まれて、おのれを貫けなかったと言われてもやむを得ないと存ずる」

唇を湿した八十郎は、厳しい口調で話を続けた。

「さらに〈通し矢〉を教える際、清四郎は伊也殿の肩に手をかけたとも聞いたのでござるが、苟《いやしく》も武芸鍛錬の場で男女が間近に接するなどあってはならぬこと。迂闊《うかつ》なされようでございましたな。あたらひとりの俊秀の道を閉ざすことになったやもしれませんぞ」

「道を閉ざす」という言葉が、雷鳴のように伊也の耳に響いた。

「なにゆえでございましょうか。出仕を差し控えられれば、それ以上のお咎めはないとの仰せだと存じましたが」

「此度《こたび》の件についてはさようであるが、はっきり申して清四郎はいたく殿のご不興を被《こうむ》った。殿は、噂がまことならば切腹を申し付ける、とまで仰せになった。向後、清四郎はおそらく殿のお取り立てを受けはせぬであろう」

「それはまことでございましょうか」

息を呑《の》んで問いかける伊也に、将左衛門は落ち着いた物腰で答えた。

「殿のお心のうちを慮《おもんぱか》るは畏《おそ》れ多いことゆえ、申すは憚《はばか》られるが、ことさらに噂をお取り上げになってお咎めの言葉を口にされたからには、樋口殿がご不興を買ったのは間違いあるまい」

「それでは、あまりに――」

唇を噛《か》んで伊也がうつむくと、苦笑した八十郎は、

「かと申して、弓矢の沙汰ゆえ、弓矢にて決するというわけにも参りますまい」

と言い残して、将左衛門に辞去の挨拶《あいさつ》をした。

立ち上がって玄関へ向かう八十郎を見送りながら、清四郎のため何かできることがあれば是非ともしなければならない、と伊也は思い詰めていた。

この日から、伊也は部屋に閉じこもって考えをめぐらし始めた。

いつになく思い惑う様子を見せる伊也を案じて、初音が襖《ふすま》越しに声をかけた。

「近頃、姉上はお顔の色がすぐれないご様子ですが、何か気にかかることでもおありなのでしょうか」

少し間があって、思い余ったような声音で伊也は言葉を返した。

「わたくしはあなたに申し訳ないことをいたしました」

「何のことをおっしゃっているのでしょう」

初音が驚いて思わず襖を開けると、伊也は沈んだ声で言葉を続けた。

「樋口清四郎様のことです。わたくしとの間にあらぬ噂を立てられ、殿のご不興を被ってしまわれたそうです」

「そのことでしたら噂を流す方々が悪いのだと思っています」

「いえ、わたくしの落ち度で樋口様は窮地に立たれておいでです」

清四郎に〈通し矢〉の稽古をしてもらったおりに、見かけた者が、いかがわしいと見て取ったのは、自らの心の揺らぎを見透かされたからに違いないと伊也は思っていた。

あのおり、肩先にふれた清四郎の手がとても熱く感じられ、胸が高鳴り、陶然とした気持になっていた。

初音の許嫁《いいなずけ》である清四郎に、そんな思いを抱いただけでも不義になりはしないかと伊也は恐れていた。しかも、清四郎は、伊也を抱き寄せるかのように手に力を込めたと感じられた瞬間が、たしかにあった。

(清四郎様の胸にもわたくしと同じような心持ちが兆していたのかもしれない。だとすれば、なおさらあのおりのことを覚えていてはいけない)

考えが進むにつれ、自分を許せない気がしてくる。

清四郎を窮地に追いやったのはすべて自分だと思い、後悔の念にかられながらもどこかしら、甘美な想いに心が揺れるのも後ろめたかった。

「わたくしは、樋口様をお守りして、償わねばならないと思っています」

「姉上──」

初音はゆっくりと首を横に振った。

「ならぬと言いますか」

「樋口様の許嫁はわたくしでございます。ですから樋口様をお守りいたすのは、わたくしの役目でございます」

きっぱりと言う初音の言葉を聞いて伊也は息が詰まった。

「わたくしが樋口様のために何か手助けをしてはなりませぬか」

「姉上が心より樋口様をお助けしたいと考えておられるのはわかります。されど、それを樋口様は喜ばれましょうか」

「それは——」

初音に言われるまでもなく、自分が何をしても清四郎の迷惑になるだけかもしれないと感じてはいた。

清四郎に難儀がかからないようにするには、自分が近寄らないのがいい気がする。

そこまで思い至った時、伊也はふと、

「弓矢の沙汰《さた》ゆえ、弓矢にて決する」

と八十郎が言った言葉を思い出した。すると、次々に考えが浮かんできた。

（そうだ。こうすれば、清四郎様をお助けできるかもしれない）

思いをめぐらしていた伊也は、初音に見つめられているのに気づいてはっと我に返った。

「姉上、それほど思い詰められますとお体に障ります」

初音がすがるような面持ちで言うと、伊也はうなずきはしたが、顔には毅然《きぜん》とした表情が浮かんでいる。

翌日、伊也は八十郎の屋敷をひとりで訪ねた。客間で待つ伊也の前に八十郎は訝《いぶか》しげな様子で床の間を背に座った。

「何用でござろうか」

八十郎がわずかに顔をしかめて訊《き》くと、伊也は両手をついた。

「お願いの儀があって参りました」

「ここに参っておられるのを有川様もご存じでござろうか」

八十郎は用心深く重ねて訊いた。伊也はゆっくりと頭を横に振った。

「さようか」

伊也の意を決したようなただならぬ顔を見て、八十郎は膝《ひざ》を正した。

「承りましょう」

かすかに紅潮した面持ちで伊也は話し出した。

「わたくしに汚名を雪《すす》ぐ機会をお与えいただけますようお願いいたします」

「いかなることかわかりかねるが」

「わたくしは樋口様との間であらぬ噂を立てられました。樋口様はわたくしの妹の許嫁でございますゆえ、このまま噂が消えるのを待つというわけには参らぬと存じました」

「されば、いかようになさりたいのでございますかな」

伊也がどうしたいのかわからず、八十郎は眉《まゆ》をひそめた。伊也は身を乗り出して言葉を継いだ。

「先ごろ、わたくしどもの屋敷に見えたおりに、先生は弓矢の沙汰ゆえ、弓矢にて決

「するとおっしゃいました」

「さて、さようなことを申しましたかな」

困惑して首をかしげる八十郎に、伊也は話を続けた。

「わたくしは弓矢の勝負から出た噂は弓矢にて打ち消すしかないと存じました。樋口様とわたくしにもう一度、弓矢での勝負をさせていただきたいのでございます」

「また、百射をしたいと申されるのか」

「いえ、それでは噂を消すことはかなわぬでありましょうゆえ、弓矢での立ち合いを所望いたしたく存じます。おたがいが十間（約十八メートル）離れたところから相手を射るのです。さすればそれぞれの腕前と覚悟のほど、さらには身の潔白の証《あかし》となりましょう」

伊也がきっぱりと言いのけると、八十郎は厳しい表情になった。

「軽々しく申されるな。木刀を以《もっ》て試合を行う剣術と弓矢は違いますぞ。弓矢は鏃《やじり》をつけた真剣勝負しかない。立ち合えばいずれかが死にましょう」

「もとより覚悟のうえでございます。なればこそ、怪しい疑いは晴れましょう」

伊也の思い切った言葉を耳にした八十郎は、ううむ、とうなり声をあげて伊也を見つめるばかりだった。

五

翌日、八十郎は伊也が弓矢で清四郎と立ち合いたいと願い出たことを将左衛門に伝えた。

愕然《がくぜん》とした将左衛門に、八十郎は、気の毒げに言った。

「それがし藩弓術師範として伊也殿の申し出を無視するわけにもいかず、言上せぬわけにも参らぬ」

「ご懸念なく。娘にはおのが為《な》したることの責めを負うほどの覚悟はござろう」

将左衛門は自分に言い聞かせるように言った。

「ですが、こうなってくると喜ぶのは渡辺兵部様ということになりはしませぬか」

伊也の奇矯な申し出が藩内での権力争いに利用されていくのではないか、という懸念が八十郎にはあった。

いずれの派閥にも属さない八十郎にしてみれば、弓矢という武術が権力の座をめぐる争いに巻き込まれるのは望ましくなかった。

将左衛門にも兵部が後ろで糸を引き、事を荒立てようとしている意図は見えていた。

しかし、あえて火中の栗を拾うという覚悟を決めていたのだ。

八十郎の忠告に将左衛門はわかっているというように目を細めて大きく首を縦に振った。八十郎はうなずきつつ、

「されど、このような破天荒なる願い事を殿がお許しなさることは、恐らくなかろうと存ずる」

と言い添えた。

この日、屋敷に戻った将左衛門はすぐさま伊也を呼びつけて厳しく叱った。

「なぜ、かように乱暴なことをいたしたのだ」

「申し訳ございません」

伊也は頭を低く下げたが、それでも弓矢での立ち合いをやめるとは言わなかった。根負けした将左衛門は、諦《あきら》めたようなため息をついて、

「殿からの御沙汰が下るまで部屋に籠《こも》っておれ」

と命じた。

伊也が部屋に戻るのと入れ違いに新納左近が将左衛門の居室にやってきた。どことなく皮肉めいた笑みをうっすら浮かべている。弓矢での立ち合いを伊也が望んだことを耳にしたらしい。

「伊也殿は思い切ったことをなされますな」

「もはや耳にされたか、困ったじゃじゃ馬でござる」

将左衛門は苦虫を嚙《か》み潰《つぶ》したような顔をして愚痴をこぼした。

「さすがに立ち合いが許されることはございますまいが、気がかりなのは、これにて有川殿への風当たりが強くなることです」

左近は真面目な表情で言った。

「いたしかたがござらぬ」

「もとをたどれば、殿が樋口殿の失態を咎《とが》められたのは、われらが為したることにご不満を持たれたゆえの八つ当たりだ、と存じますが」

「さようかもしれませぬな」

少し気弱な声で将左衛門は応じた。

「だとすると、伊也殿はわれらのために戦うてくれているのと同じです。お叱りなさらずともよかろうと存ずる」

左近は微笑して言った。

伊也が部屋に籠って出てこなくなってから初音は思い悩む日々を送っていた。

清四郎を助けたい一念で伊也が弓矢の立ち合いを言い出したのだと痛いほどわかる。

伊也は清四郎の矢で死ぬつもりではないだろうか。

そうすれば、清四郎と自らの身の潔白の証となり、殿のご勘気もゆるむのではないかと思ったに違いない。しかし、それほどまでして清四郎を守りたいという伊也の心根が初音にはせつなかった。

伊也は、やはり命を捨ててもよいほどの想いを清四郎にかけているのだ。

それが恐ろしいことのようでもあり、羨《うらや》ましくも思えた。とはいえ、伊也が願い出たことがそのままですむとは、とても思えない。

伊也の身が心配でならなかった。

将左衛門は、弓矢の立ち合いが許されることは恐らくないだろう、と言っているが、万が一にも許されるかもしれず、初音は居ても立ってもいられない心持ちになった。

あれこれ思い惑ううちに、

（清四郎様にこのことをお伝えしよう）

と思い立った。清四郎さえ、さようなことはできない、と断ってくれれば伊也も立ち合いを断念するほかないだろう。

そう考えた初音は樋口屋敷を訪ねようと思った。

清四郎は閉門蟄居《へいもんちっきょ》ではなく、出仕を控えさせられているだけで、客が訪れても咎められはしないだろうし、まして自分は許嫁《いいなずけ》なのだからと、自らに言い訳しつつ訪れた。

しかし、初音が訪《おとな》いを告げると清四郎は自ら玄関で応対して、

「殿よりお叱りを被った身でありますゆえ、女人を屋敷にあげることは憚《はばか》られます」

と初音に断りを言った。やむなく初音は玄関先で伊也が清四郎との弓矢での立ち合いを願い出た、と告げた。

「伊也殿がさようなことを」

清四郎は一瞬、驚いた顔をしたが、しばらくして感極まった表情で、

「さほどまでに、それがしのことを案じてくだされたか」

とつぶやいた。そんな清四郎の様子を見た初音は、不意に悲しみで胸がふさがるのを覚えた。

(姉上の想いは清四郎様に届いている)

許嫁である初音を、清四郎はおろそかにはしないだろうが、伊也の大胆な行動が清四郎の心をつかんだのは確かだと思った。

もともと清四郎は伊也に好意を抱いていたような気がする。それなのに許嫁となったがゆえに、自分は伊也と清四郎のふたりにとって邪魔者になってしまっているのではないか、と居たたまれず、初音はこの場を去りたくなった。

初音が沈んだ心持ちになったのにも気づかぬ様子で清四郎は口を開いた。

「されど、このままでは弓矢での立ち合いのお許しが出ることも考えられます。有川様より、殿にあらためて弓矢での立ち合いをお許しなされぬよう願い出られた方がよいのではありませぬか」

声を強めて言う清四郎の言葉にうなずいた初音は、突然の訪問を詫《わ》びて樋口屋敷を後にした。

この日の夜、初音は将左衛門に清四郎から言われたことを伝えた。将左衛門はじろりと初音を睨《にら》んで叱りつけた。

「そなたはわしの許しも得ずに樋口殿を訪ねたのか」

初音ははっとして頭を下げた。

「申し訳ございません」

「まったく、伊也だけでなく、そなたまでが勝手をいたすとはいかなることだ」

将左衛門が苦り切って言うと、初音は身を縮ませながらも言葉を継いだ。

「樋口様をお訪ねいたしましたこと、どのようにもお叱りを受けますが、樋口様の申されしことはお考えいただきたく存じます」

懸命に言い募る初音の言葉を聞いていた将左衛門は、ふっと肩の力を抜いて大きく息を吐いた。

「そなたの申すことはわかった。わしが樋口殿に会うて考えを聞いたうえで、為すことがあればいたそう」

「それでは、姉上が弓矢で立ち合われることをお止めいただけますか」

「言うまでもない。さような立ち合いなどしてはならぬことだ。世間の者がいかに噂をいたそうと、おのれが正しければ放っておけばよい」

将左衛門はさりげなく口にしたが、おのれが正しければ、という言葉が初音の胸に重くのしかかった。

伊也が命懸けの立ち合いを言い出したのは、自分の胸のうちにあるものに気づいたからではないか、と思う。

武門に生きる者は正しくあらねばならないと思い込んでいる伊也にとって、清四郎への想いを胸に秘めるのは許せないことだろう。だからこそ、伊也は清四郎の矢を受けて命を絶てるものならばと望んでいるのかもしれない。

恐らく伊也は恋慕の想いに殉じたいと願っている。

初音の心の中には伊也の身を案じる傍らで、わずかながらも姉を恋慕の想いに殉じさせたくない、という心持ちもあった。

そのような思いを抱くのは恥ずべきことなのかどうか、年若い初音には定めがたかった。いまはただ、矢のように一直線に生きようとする姉を押し止《とど》めようとする自分がいるばかりだ、と思った。

翌日、屋敷を訪れた将左衛門を、さすがに清四郎は客間へ通した。

「昨日は初音がお邪魔いたしたそうですな」

挨拶《あいさつ》の後、将左衛門が苦い顔で口にすると、清四郎はすぐさま膝《ひざ》を進めて話に応じた。

「参られました。出仕を憚る身ですゆえ、女人におあがりいただくのはいかがかと思い、玄関先にて失礼いたしました」

「いや、それでよかった。ただ初音が申すには、樋口殿には伊也の一件をお取り上げにならぬよう、それがしから願い出た方がよいと言われたとのことだが」

「これは初音殿には申し上げておりませんが、今回のことはそれがしが百射をしくじった失態に端を発しているかに見えて、殿のご不興は別な向きにあるか、と存じます」

「新納殿のことだな」

「さようです。それがしが有川様の娘御と縁談を進めておりますことも殿のお気に召さぬようでございます」

「ふむ、ではそこもとと伊也の噂を流した者たちの見当もつくな」

「いずれにしましても次席家老渡辺兵部様と御側用人《おそばようにん》三浦靫負様の息のかかった者たちでございましょう。ぐずぐずしておれば、彼《か》の者たちは弓矢での立ち合いのお許しが出るように画策いたすやもしれません」

清四郎は目を鋭くして念を押すように言った。

「わかった。お取り上げくださるかどうかわからぬが、願い出てみよう」

「お言葉をうかがい安堵《あんど》いたしました」

清四郎はほっとした表情になった。将左衛門は出された茶を啜《すす》った後でふと口を開いた。

「時に、樋口殿はかような奇矯の振舞いに及んだ伊也をいかが思《おぼ》し召されるか」

「それがしへの疑いを晴らそうとのお考えから動かれたのだと存じます。ただ、ありがたきことと思いおるのみでござる」

「さようか、ならば、その言葉を忘れずにいていただこう」

さりげなく口にした将左衛門の言葉を訝《いぶか》しく思った清四郎は問うた。

「いかなる仰せかわかりかねまするが」

「なに、深い念はござらぬ。伊也の此度《こたび》の思い立ちは樋口殿への想いがあるゆえであろうと、いかな朴念仁のそれがしでもわかり申す。されど、樋口殿はすでに初音の許嫁となられておる。そのことは変わりませぬぞ、という念押しでござる」

「無論、承知いたしております」

きっぱりした受け答えとは裏腹に、清四郎はわずかにさびしげな表情をした。将左衛門は清四郎の顔にちらりと目を遣《や》って茶碗《ちゃわん》を置いた。

「いまさら申すまでもござらぬが、有川家は日置流雪荷派の弓術を伝えておりますれば、弓矢とは何であるかについて、謡曲にある一節をもって父子相伝いたしており申す」

「相伝についてお聞かせくださると仰せでございますか」

「樋口殿は初音の許嫁《いいなずけ》でござれば、身内同然でありますゆえ」

将左衛門は背筋を伸ばして低い声で詠じた。

――釈尊は大悲の弓に智慧《ちえ》の矢を爪《つま》よって三毒の眠りを驚かしぬ
釈迦如来《しゃかにょらい》はひとを苦しみから救わんがため、智慧の働きがある弓矢で、ひとの三つの煩悩である貪欲《とんよく》と瞋恚《しんい》、愚痴を祓《はら》ったというのだ。

「いま伊也が射ようとしているのは、煩悩の矢でござる。親としてこれを射させるわけには参らぬ」

将左衛門は静かに言い切った。

この日、伊也は部屋で和歌集を読んでいた。

目は和歌を追っているが、将左衛門が弓矢での立ち合いを許さぬよう願い出てくれそうだ、と初音から聞かされたことに思いがそれる。

清四郎のためにと思い立ったことではあるが、お許しが出ないとあってはどうしようもない。所詮《しょせん》、自分は清四郎のために何もできないのだろうか、と思うと心が沈んだ。

ふと庭に目を遣ると、春の陽光に木々の緑がきらめくように輝いている。

伊也は『万葉集』にある、

石《いわ》ばしる垂水《たるみ》の上のさわらびの萌《も》え出《い》づる春になりにけるかも

という和歌をことのほか好ましく思っている。

ほとばしる清流と早春に芽を出す草木の若緑が目に浮かぶようで、その清々《すがすが》しい光景の中ですっくと萌え立つ早蕨《さわらび》に憧《あこが》れにも似た思いがあった。

(わたくしも、この和歌に詠まれた早蕨のように生きたい)

そんなことをおりにふれ、考えてきた。

清四郎への想いは世間からは不義ととられるかもしれないが、胸のうちで、和歌の早蕨のごとく、清冽《せいれつ》な飛沫《しぶき》を浴びて立つ心を持ちたいと念じている。それゆえにこそ、弓矢を以《もっ》て清四郎と立ち合いたいと願ったのだった。

弓を構えて向かい合う清四郎の胸に、自らの想いを矢に乗せて真っ直ぐに届けたい。清四郎に向かって矢を射て傷つけるつもりは毛頭なかった。清四郎の矢がどのようなものであるかを身を以て知り、同時にわが心の矢を放つのが伊也の願いだった。

それは夢想だとひとから嘲笑《あざわら》われるかもしれない。ひとりよがりで思いあがった考えだと誹《そし》られる恐れもあるとわかったうえで、伊也は清四郎との間を貶《おとし》めた者たちに、自分の想いの有り様を示したいと念じていた。

（わたくしは、それさえできれば本望だ）

初音の許嫁である清四郎は、自分が現世で結ばれることを望める相手ではない。であるなら、せめて心の有り様だけでも届けて清四郎の胸に自分の想いを刻みたい。初音にとっては心に添わぬことになるだろうが、どうか許してほしい、と伊也は胸中で詫《わ》びていた。

六

翌日、将左衛門は大広間で晴家の御前にまかり出た。

傍らには丹生帯刀と渡辺兵部、三浦靫負がいつものように控えている。将左衛門が、

手をつかえて、

「先日来、わが娘が不遜《ふそん》なる願い出をいたし、まことに不面目《ふめんぼく》のしだいでございます。きっと叱りおきますれば、なにとぞこの件につきましてはご放念くだされますよう、お願い申し上げまする」

と言上《ごんじょう》したが、晴家は何も言わない。帯刀がごほんと咳払《せきばら》いして、

「有川殿の娘御の辞退はやむを得ぬ」

と言葉を添えたが、晴家は口を開こうとしない。

兵部が、わざとらしい笑みを浮かべて、

「有川殿、何をさように恐縮しておられるのだ。殿には、娘御の武芸精進にたいそう感銘を受けられ、武門の女子《じょし》はかくありたいものと仰せでござるぞ」

と言った。将左衛門ははっとして、晴家の顔を見た。つめたい目が将左衛門を見据えている。靫負がしたり顔で告げた。

「殿には、有川殿の娘御の願いをまことに殊勝だと思われておいでござる。父親としては案じられることもあろうが、あまりに遠慮が過ぎてはせっかくの武門の花が咲かずに終わるやもしれませんぞ」

兵部と靫負の言葉を聞いて、将左衛門は唇を噛《か》んだ。

（しまった。さてはこ奴ら、殿に立ち合いを許すよう進言したな）

晴家は身じろぎして言葉を発した。

「そなたの娘の願いをいかようにすべきかはまだ思案しておる。だが、いずれにしても武門らしき有り様ができるようにして遣わすゆえ、案じるでないぞ」

晴家の感情の籠《こも》らぬ声を聞きつつ、将左衛門は目を閉じた。そんな将左衛門の様子を兵部と靫負は面白げに見ていた。

この日、屋敷に戻った将左衛門は左近を呼んで相談した。晴家が立ち合いを認めるつもりのようだ、と告げると、左近は首をかしげた。

「さても、そこまで性根《ね》が捻じ曲がっておられるとは思いませんでした」

ひややかな声でつぶやいた左近はゆっくりと将左衛門に目を向けた。

「これは、覚悟いたさねばならぬやもしれませぬな」

「伊也が弓矢で立ち合うことでござるか」

「それもありますが、まずはわれらの身辺も危ういやもしれませぬ」

「まさにそうでしょうな。まずはわれらにとって頼もしき樋口清四郎の動きを封じたのはそのためでしょうからな」

「いかがなさる」

「さて、まずは伊也の件がどう転ぶか、見守るしかござるまい」

将左衛門は腕を組んだ。その表情には苦悩の色が浮かんでいた。

三日後——

磯貝八十郎は御前に召し出された。八十郎が大広間に入ると、近頃、病で出仕がかなわないらしい丹生帯刀の姿がなく、渡辺兵部と三浦靫負がすでに座していた。

何事かと思いつつ八十郎が控えると、間もなく、

——御成り

という小姓の声とともに晴家がゆっくりと上段に姿を見せた。兵部が、

「磯貝、御前へ参れ」

と声をかける。八十郎が進み出て頭を下げると、晴家は何も言わず、代わりに靫負が口を開いた。

「有川将左衛門の娘よりの願い、殿におかれてはお聞き届けにあいなられた。よって、その方の差配において立ち合いを許すゆえ、さよう心得よ」

八十郎ははっとして頭を上げた。

「しばし、お待ちを。ご上意なれど、弓矢にて立ち合いいたすなど他国にても聞いたことはございませぬ。ふたりが立ち合い、いずれかが絶命いたすことにでもなりますれば御家《おいえ》の名に傷がつくことになると存じまするが」

八十郎の懸命な申し立てを晴家は無表情に聞いている。傍らで兵部は八十郎の言上

が終わるのを待って、口を開いた。

「されば、そのことについては有川将左衛門より、すでに同様の願いが出ておる。弓矢にての立ち合いを取り止めにいたしたいとの申し立てであった。なるほど、心配ももっともじゃが、扇野藩家中《かちゅう》では女子といえども、かくも武芸に精進いたすのかと評判が高まりこそすれ、貶められるようなことはないであろう、と殿は仰せである」

言いくるめるような兵部の言葉を、八十郎は聞き、頭を下げた。晴家が身じろぎして八十郎に声をかけた。

「将左衛門が父親として案じる心持ちはよくわかるが、彼《か》の両人は弓の上手じゃ。なにも相手を射殺せと命じておるわけではない。相手を傷つけず、腕前のほどを見せる技は持ち合わせていそうなものではないか。どうじゃ」

「さて、ひとの体に向けて矢を射て、なお傷つけぬ技とはいかようなものか、それがしのごとき未熟者にはわかりかねまする」

八十郎がにべもなく返答すると、晴家は薄く笑った。

「さようなものか。されど、それも将左衛門の娘が言い出したことゆえ、いたしかたなかろう。さらに申せば、娘にさような振舞いをさせたのは将左衛門の不徳とも言えるぞ」

晴家が無慈悲に言い放った言葉に八十郎は眉《まゆ》をひそめた。

兵部が膝《ひざ》を乗り出して、

「ともあれ、お許しが出たからには、早速に執り行うがよかろう。畏《おそ》れ多くも殿にはご検分にあいなるとの仰せである」

と告げた。八十郎は観念して頭を下げるしかなかった。

立ち合いのことは将左衛門から伊也に告げられた。

「そなたの思い立ちを殿がお許しになるとは思わなかったが、近頃、丹生様が病にて登城もかなわぬようだ。止め立てしてくださる方がいなかったのが、不運であった。かくなるうえは従うほかない。そなたは日置流雪荷派の弓術を継ぐ者として、樋口殿と立ち合うのだ。臆病《おくびょう》、未練の振舞いがあれば、流派の名に泥を塗ることになるぞ」

将左衛門が厳しい表情をして言い渡すと、かしこまって聞いていた伊也は顔をあげ、昂然《こうぜん》として答えた。

「承知いたしております。決して流派の名や父上の御名に傷をつけるような振舞いはいたしませぬ」

将左衛門はしばらく黙って伊也を見つめた後、声を低めて言った。

「伊也、そなた死ぬつもりか」

伊也は微笑を返しただけで答えない。将左衛門は腕を組んだ。

「身体髪膚《しんたいはっぷ》、これを父母に受く、あえて毀傷《きしょう》せざるは孝の始めなり、と申すではないか。まして親に先立つほどの不孝はないぞ」

　哀しげに諭す将左衛門の言葉を受けて伊也は目を伏せた。

「申し訳ございませぬ。しかれども、ひとはただ命を長らえればよいというものではない、矢のように一筋に真っ直ぐ、美しく生きねばならぬと父上はお教えくださいました」

「もしや、そなたの此度《こたび》の思い立ちが樋口殿への想いから出たものであるとするなら、それは煩悩であるとしかわしには思えぬ」

　ため息まじりに言って将左衛門は伊也から目をそむけた。伊也はしっかりと将左衛門に目を向けて言葉を重ねた。

「仮にそうであったとしても、ひとを愛《いと》おしむ心を煩悩とお蔑《さげす》みくださいますな。ひとをたいせつにする思いがあってこそ、忠もあり、孝もあり、慈悲もまたあるのだと存じます」

　将左衛門は、おもむろに伊也に目を戻した。

「それが、そなたの弓矢の心構えか」

「さようでございます。放たれた矢の如く、一筋の心を以《もっ》て生きたいと存じております」

伊也は静かに言い切った。

八十郎から伊也との立ち合いを申し渡された清四郎は、

「それがしはお受けいたしかねまする」

といったんは断った。

女人に向かって矢を射るなどできるものではないと言い募った。八十郎はこれを聞いて、

「家中でのあらぬ疑いを晴らすため、立ち合うべし」

との晴家の命が下り、避ける手立てがなくなった。清四郎は、

「かかることがあってよいのか」

と歯嚙《はが》みしたが、如何《いかん》ともし難かった。

弓矢での立ち合いは、十日後に大手門近くの馬場で行われると達しがあった。

藩では弓矢での立ち合いが行われた前例はなく、いかなる成り行きになるのか、と家中の者たちは面白半分に囃《はや》し立てた。

「噂が立つほどだ。憎からず思うておる相手であろうゆえ、たがいに射殺しはしまい」

「いや、清四郎にとっては武芸のほどを試されているのと同じだ。女子の矢を受けて

手負えば末代までの恥となる。それを避けようと思えば、なまじなことはできぬぞ」

「ならば、射殺すというのか」

「さて、それは――」

「それよりも弓矢小町の方こそ、噂を立てられて憤っておるのではあるまいか。清四郎の息の根を止めてでも身の潔白を立てようとすると思うが」

「女人がそこまでするであろうか」

「有川殿の娘御はたいそう、武張《ぶば》ったことが好きで、弓矢の試合では男のなりをして出て参る。女人と侮ってはなるまいぞ」

「それでどうなるというのだ」

「ふたりのうち、いずれかが死ぬことになりはせぬか」

「さようなことになれば大事《だいじ》だぞ」

言葉を遣《や》り取りするうちに藩士たちはただならぬ事態に気づいて困惑していった。

立ち合いの日は、薄曇りでどことなく蒸し暑かった。伊也は早朝から沐浴《もくよく》して体を清め、髪をきりりと後ろで結った。

新しい下着を身につけ、小袖《こそで》に袴《はかま》という目もあやな男子の出で立《い》ちで中庭の隅に設《しつら》えられた矢場《やば》に出て、弓を引いた。

ひゅっ

ひゅっ

風を切る矢羽の音がしたかと思うと矢が的に見事に当たる心地よい音が耳に届く。

身も心も引き締まり、乱れがないと自ら見定めた伊也は心して、最後の矢を放った。的に刺さった矢を抜いて矢筒に納め、勝手にまわった。

勝手に続く板敷で用意されていた、粥《かゆ》が一膳《ぜん》のみの朝餉《あさげ》をとった。ゆっくりと食した後、仏間へ向かい灯明《とうみょう》をあげて線香を供えた。

読経《どきょう》の後、居間へ行き、将左衛門を始め母親の吉江と初音に挨拶《あいさつ》した。

「ただいまより、行って参ります」

伊也がすずやかな声音で言うと将左衛門はうなずいた。不徳を咎《とが》められた将左衛門は、立ち合いに同席することを遠慮していた。

「くれぐれもひとに恥じる振舞いだけはいたすでないぞ」

伊也が黙って頭を下げると、吉江が、

「伊也どの――」

ひと声かけて言葉を詰まらせた。続いて初音も目に涙をためて、

「お帰りをお待ちしております」

とひと言もおろそかにしない物言いをした。伊也は微笑した。

「初音には迷惑をかけました。すまなかったと思っています」

「そのような」

袂《たもと》で顔を覆う初音に目を遣《や》った伊也は、未練のない様子で立ち上がった。玄関に出ると家士の土井《どい》半蔵《はんぞう》が家僕の吉助《きちすけ》とともに控えていた。

さらに左近もまた玄関に座っている。ここで、伊也を見送るつもりらしい。

「お見送りありがたく存じます」

伊也が頭を下げると、左近は膝に軽く手を置き、頭を下げて言った。

「お心、強く持たれよ。よき心を持てば、必ず道は開けるものでござる」

うなずいた伊也は半蔵と吉助に目を向けた。

「参りましょう」

ふたりに声をかけた伊也は草履《ぞうり》を履いた。弓と矢筒は半蔵と吉助が携えて後に続く。

伊也は門を出るや振り向いて屋敷に向かい一礼した。

玄関に左近とともに吉江と初音が膝を正して座り、伊也の姿を目に焼きつけようとするかのような眼差《まなざ》しで見送っている。

馬場へと伊也が足を踏み出したとたんに一陣の風が巻き起こった。

立ち合いの場所となる馬場には、扇野藩千賀谷家の家紋である〈丸《まる》に違《ちが》い鷹《たか》の羽《は》〉

が染め抜かれた幔幕《まんまく》が張り巡らされている。

晴家の御座所が設えられ、黒っぽい裃《かみしも》姿の八十郎がすでに、立ち合い場をととのえる指図をしていた。伊也が姿を見せると、八十郎の門弟が急いでまわりを幔幕で囲ったひと目につき難《にく》い控えの場所に案内した。

伊也は用意されていた床几《しょうぎ》に座り、吉助が持ってきた白襷《しろだすき》をかけて白鉢巻を締めた。しばらく待つうちに大勢のひとの足音がしたかと思うと、晴家が渡辺兵部と三浦靫負を従えて御座所に入ってきた。

晴家が床几に腰かけるのを待って、八十郎が、

「両名の者、これへ」

と声をかけた。応じて清四郎が幔幕の陰から進み出た。伊也も晴家の前に進み、片《かた》膝《ひざ》をついた。晴家はふたりに無表情な顔を向けて、

「ふたりとも、武芸精進のほどを見せよ」

とだけ声をかけた。両脇に控えた兵部と靫負がつめたい視線を伊也に向けてくる。

「それでは始めまする」

八十郎が声をかけると、伊也と清四郎は立ち上がってそれぞれ反対の方角に歩み始め、定められた場所で向き直って、十間の間合いをとった。

「太鼓を合図としてたがいに放て」

八十郎の乾いた声が響き渡った。

伊也は弓を構え、矢をつがえた。清四郎も弓を構える。その所作がなめらかで、しかもゆったりとした姿勢に気品があるのを目にした伊也は、

（なんと清々《すがすが》しいお姿であることか――）

とため息が出る思いになりつつ、きりきりと弓を引き絞った。

――どーん

太鼓が打ち鳴らされた。

七

双方の矢が放たれた時、見守るひとびとの間から、

――おおっ

とどよめきがもれた。

清四郎が射た矢は真っ直ぐに飛び、伊也の袖を射貫《いぬ》いた。切り裂かれた袖が翻り、あたかも花弁が舞ったかのようだった。

一方、伊也はとっさに、弓を中空に向けて構えた。清四郎を射ようとする意図を捨て、自らの身を矢にさらしつつ、狙いをあえて大きくはずしたのだ。びゅん、弓弦《ゆづる》が

鳴り、伊也が射た矢は清四郎を大きく飛び越えた。

ひとびとが驚きの声をあげて見守るうちに、矢は立ち合い場の周囲に張られた幔幕にまで、届いた。矢の行く末を見届けた八十郎が、

「しもうた」

とうめき声をあげた。

矢は幔幕に染め抜かれた千賀谷家の〈丸に違い鷹の羽〉紋の真ん中に突き刺さっていた。それを見た藩主晴家は、

「何事であるか。あの女子はわが家紋に矢を射かけたぞ」

と激怒した。家臣たちが騒ぎ立て、伊也は蒼白《そうはく》になって跪《ひざまず》いた。ただならぬ事態だと見て取った清四郎は、すぐさま晴家の前に走り出て片膝をつき、

「ただいまのは伊也殿の射損じに相違ございませぬ。勝負はついておりませぬゆえ、いま一度の立ち合いをお許し願わしゅう存じます」

と叫んで頭を下げた。晴家は顔を赤くして、

「ならぬ。仮にも主《あるじ》の家紋を射ておきながら、射損じですむと思うのか」

と一喝するなり八十郎に向かって、

「いまの矢を何と見たぞ」

と質《ただ》した。八十郎は前に進み出て跪いた。

「無論のこと、ご家紋を狙いし矢ではござりませぬ。家中にさような不届き者がいるはずはござりませぬが、矢は射た者の心を示します。かかる立ち合いのお許しを願い上げておきながら、樋口清四郎に矢を向けなかったのは、主君を軽んじたるに等しゅうございます。さればこそ、矢はその心根通りにご家紋を貫いたものと思われます」

晴家は大きくうなずいた。

「よう言うた。わしもさように思うぞ、有川の娘が射たのは、謀反《むほん》の矢とも言うべきものだ。到底、許し難い」

晴家の言葉に血の気が引いた伊也は体が凍りついた。

清四郎の矢に射られて死んでもよいと覚悟を定めて立ち合いの場に臨んだはずなのに、思いも寄らぬ自分の振舞いに立ちすくんだ。

伊也の傍《そば》近くに寄った八十郎は、

「正義の矢は、神威によりて邪を打ち祓《はら》うが、邪心をもって射た矢は凶運を呼ぶ。弓術の家に生まれながら、かようなこともわきまえなんだのは、不心得でござる。その罰は甘んじて受けられよ」

と引導を渡すように言った。晴家は兵部に向かって、

「その娘を、ただちに有川の屋敷に引っ立て、座敷牢《ろう》に押し込めよ。処分は追って沙《さ》汰《た》いたす」

と告げてから清四郎に顔を向けた。

「そなたのただいまのかばい立ては不審である。主家の紋を射るという不埒《ふらち》な振舞いを目にしながら、糊塗《こと》しようといたしたのは主をないがしろにするも同然ではないか。そなたも屋敷にて謹慎いたせ」

晴家の厳しい言葉に、清四郎は唇を噛《か》んで頭を下げた。その様子を見た八十郎は険しい表情をして、

「お上《かみ》のご処分はいずれくだされようが、お主の所業は目に余ったゆえ破門といたす。今後、ご領内では弓矢をとるな」

と容赦なく言い渡した。

「申し訳ございませぬ」

清四郎はさらに深々と頭を下げた。額から汗が滴り落ちる。

たしかに伊也の矢が幔幕の家紋を射たのを目にしてすぐに、いま一度の立ち合いを願い出たのは軽率な行いだった。

伊也に家紋を射る意図などなかったと明らかにされたあとで、立ち合いを望むべきだったのだ。伊也の危難を見て動転してしまい、後先なしに体が動いてしまった。

清四郎は無念の思いで平伏するしかなかった。

兵部は目付方とともに伊也を引き連れて有川屋敷に赴いた。

家士の土井半蔵が、事態の急を告げるため先に戻っており、将左衛門は兵部と伊也を玄関で待ち受けた。

ただちに奥座敷に通された兵部は、上座に立って上意を告げた。隣室に控えて、伊也はそれを聞いた。

「本日の立ち合いにおいて、その方の娘は狙いをはずし、幔幕のご家紋を射た。殿にはいたくご機嫌を損じられ、座敷牢に押し込めよとの仰せである。沙汰は追ってくだされるによって待たれよ」

将左衛門は恐縮して頭を下げた。

「まことに娘の不届き、畏《おそ》れ多いことでございます。いかなる御沙汰にてもお受けいたしまする」

兵部はうなずいた後、声を低めた。

「これは上使として申し上げることではないが、殿と新納左近殿の対面の儀を急がれ過ぎましたな。何も御前試合の日になさることはなかった。殿のご不興はあの日以来のことでございますぞ」

薄い笑いを浮かべて言う兵部に、将左衛門はむっつりと押し黙って答えなかった。兵部始め、重臣たちは左近の正体に薄々気づいている。だからこそ、却《かえ》って知らぬ振りをしているのだ。「いずれにしても、今後のことは有川殿もお覚悟あって然《しか》るべきと存ずる」

兵部は冷然と言い残して辞去した。

座敷牢ができ上がるまで屋敷に留《とど》まって怠りなく伊也を見張る目付方の目を気にしつつ、将左衛門は声を低めて伊也と話した。

「不覚にございました。ご迷惑をおかけいたし、申し訳ございません」

頭を下げ、悔恨を表情に浮かべて詫《わ》びる伊也に、将左衛門はいかめしい口調で言った。

「そなたの不心得はふたつある。まずはそれしきの覚悟にて立ち合いを望んだことじゃ。もうひとつは立ち合うおりに、あらためておのれの心を矯《た》め直さねばならなんだのに、その場で情に溺《おぼ》れたのはいかにも心構えが足りぬ」

叱責《しっせき》の言葉を伊也はうなだれて聞いた。

「まことに仰せの通りだと存じます。立ち合うまでは、わたくしも樋口様の袖《そで》を射るつもりでございました。されど、樋口様の姿を目にしたとたんに思わず矢を宙に放ってしまいました。清々しき樋口様のお姿に矢を射るなどできなかったのでございます」

将左衛門は苦い顔になった。

「矢を射るに無心になれなかったとは、それこそ日置流雪荷派の弓術を継ぐ者として恥とせねばならぬ。ご家紋を射ることになったのは、その不覚を天に罰せられたと思わねばならぬ」

「不面目な振舞いをいたし、お詫びのしようもございませぬ」

頭を深々と下げた伊也の目から涙がこぼれ落ちた。

ほどなく囲う格子が仕上がり、これまで伊也が起居した部屋がそのまま座敷牢となった。伊也が格子の中に入ると、目付方は錠をあらためて引き揚げていった。

「なんということになったのでしょう」

吉江と初音は格子の前に座って涙にかきくれた。伊也は座敷牢におとなしく控えて、

「お嘆きをおかけいたし申し訳なく存じます。父上や母上、初音にまで迷惑なることをしでかして、わたくしはいかに自分が未熟であったかを身に沁《し》みております。そのうえに樋口様はわたくしが射損じたのをかばおうとなされて、殿よりお叱りを受けられました。それを思うと悔やんでも悔やみきれませぬ」

と目を閉じた。

初音は袖で涙を拭《ぬぐ》いつつ口を開いた。

「姉上のお気持は清四郎様に必ずお伝えいたします」

「それは、無用です。わたくしの愚かさが引き起こしたことなのです。どれほどお詫

びを申し上げても償いようがございません」

「清四郎様は、姉上の心持ちをきっとおわかりになると存じます」

初音の声に悲しい響きを感じ取った伊也は、はっと目を見開いた。

「あなたには心から謝ります。わたくしは立ち合う前に自らの心を正しておかねばなりませんでした」

「いいえ、姉上は少しも間違ってはおられません。矢のごとく自らの心に真っ直ぐに生きておられますもの」

言い終えた初音の目からとめどなく涙があふれた。

このころ将左衛門は左近の部屋を訪れていた。左近は真剣な眼差《まなざ》しを将左衛門に向け、

「まことに容易ならざる事態となりましたな」

と低い声で言った。将左衛門は苦笑してうなずいた。

「兵部め、それがしが左近殿をお引き合わせする時期を早まったため、殿のご機嫌を損じたのだと皮肉りました」

「君側《くんそく》の奸《かん》が申しそうなことです」

「さよう。殿の江戸表での遊興は、もはや乱行と言ってもいいほどです。しかし、わ

れらの諫言《かんげん》など取り上げるつもりは見受けられませなんだゆえ、いまとなってはお諫《いさ》めできるのは左近殿だけでありましょう」

「そう思うたがゆえ、御前試合の最中であるにも拘《かか》わらず、休息のおりにお会いしたのだが、殿はわたしが自らの出生を語っただけで機嫌を悪《あ》しゅうされ、聞く耳持たぬ素振りを示された」

左近は眉《まゆ》をひそめ、ため息をついた。

「最初から左近殿のお話を聞いていただくのは無理でも次の機にはと思うておりましたが、殿は伊也の一件を、われらを遠ざける口実になさるおつもりのようです」

「いかにもそうでしょうな」

「伊也への処分がどうなるかを待たねばなりませんが、おそらくそれがしにも出仕を差し控えるよう命が下されるのではありますまいか」

「おそらくは、さようでしょうな」

「そして、左近殿の警護役にと考えておりました樋口清四郎も咎《とが》めを受けて身動きが取れなくなり申した。左近殿の真意を悟られぬ殿は、あるいは――」

「わたしへ討手を差し向けると言われますか」

将左衛門は重々しくうなずいて、言葉を継いだ。

「さようです。そうなったおりに、いかに左近殿をお守りするかが差し当たって急を要することになります」

「どうすればよいか、考えてみましょう」

「猶予はなりませんぞ」

将左衛門が念を押すように言うと、左近は鷹揚《おうよう》にうなずいて、懐から金梨子地《きんなしじ》の守り刀を取り出した。

「これを使うことになるのか、どうか」

左近はぽつりとつぶやいた。

守り刀の柄《つか》と鞘《さや》には文様が施されている。千賀谷家の家紋と同じ〈丸に違い鷹の羽〉だった。


翌日、初音は紫の御高祖頭巾《おこそずきん》を被《かぶ》り、ひと目を避けるように清四郎を訪ねた。

裏門から勝手口にまわり、女中に声をかけて清四郎に訪《おとな》いを告げるよう頼んだ。

驚いた顔をして勝手口にやってきた清四郎は、脇にある小部屋にあがるよう初音をうながした。

会釈して小部屋についていった初音は、御高祖頭巾を脱いで頭を下げた。

「裏口から参る非礼の段、なにとぞお許しくださいませ。時を置いては、わたくしがお訪ねするのもままならぬことになりそうだと思い、かように礼を顧みず参ったのでございます」

「仔細《しさい》はわかり申した。それで、伊也殿はいかがしておられますか」

清四郎の表情に伊也を案じる心持ちが浮かんでいるのを目にして、初音は胸を突かれる思いがしたが、懸命に話した。

「姉は座敷牢《ろう》に押し込められましたが、気丈に過ごしております。ただ、ひたすら樋口様にご迷惑をおかけしたことをお詫びしたいという一心がうかがわれましたゆえ、かようにに参ったしだいでございます。どうぞ、姉の真情をお汲《く》み取りくださいますようお願い申し上げます」

涙で切れ切れになりながら、心を込めて話す初音に清四郎はうなずいた。

「無論のこと、それがしは伊也殿のお心をありがたく思うております。されど、謹慎の身でござれば、伊也殿のお力になれぬのが口惜しゅうござる」

そう言ってしばらく考え込んでから清四郎は訴えるような眼差しで初音を見つめた。

初音が戸惑いがちに見返すと、

「初音殿、それがしの身動きがとれなくなり、危ういのは新納左近殿の身辺でござる」

「新納様の身がなにゆえに」

清四郎が何を言おうとしているのかわからず、初音は首をかしげた。清四郎はそれに構わず話し続ける。
「書状にて伝えれば、ひと目にふれるやもしれませぬゆえ、口頭にて申し上げる。有川様は初音殿がわが屋敷を訪れたと知れば、即座にお怒りになられましょうから、まずは新納殿に直《じか》にお伝えください」
「わかりましてございます」
素直な心持ちで初音はうなずいた。清四郎の言うことに間違いはないと思っている。
「それがしを陥れたのは、新納殿を狙う者が弓矢を使うためではないかと懸念を抱いております」
「まさかさようなことが」
初音は目を瞠《みは》った。清四郎は頭《かぶり》を振って、大和流門人の中で、
河東大八《かとうだいはち》
猪飼千三郎《いかいせんざぶろう》
武藤小助《むとうこすけ》
という三人の名を挙げて、ご用心あって然《しか》るべし、と告げた。さらに声をひそめて言い添えた。
「守り手としては、有川様がお屋敷におられればよろしいのですが、仕掛けて参る際は策を弄《ろう》してくる恐れがあります。さようなおり、新納殿を守ることができるのは、

伊也殿おひとりです」

そうお伝えくださいと言われた初音は、真剣な表情でこくりとうなずいたが、すぐに不審げな顔をして、

「それは承りましたが、さほどまでしてお守りいたさねばならない新納様とは、いったいどのような方なのでございましょうか」

と訊《き》いた。清四郎は首を横に振って、

「そのことは、わたしの口からは申せません。ただ、此度《こたび》の一件は伊也殿の落ち度によるものではなく、藩内の事情により起こったことなのです。そのことを伊也殿もわきまえておられたがよい、と存じます」

と、よどみなく言い切った。

清四郎の澄明な物言いを耳にして初音は、この方はたとえ何があろうとも、自分という許嫁《いいなずけ》がいる身であることを忘れて道を踏み迷うことはないだろう、と思った。

それは自分にとって喜ぶべきことなのであろうか、と初音は思い惑った。

八

この日、屋敷に戻った初音は、あたりにひとがいないのをたしかめてから、左近の

部屋に近づいて縁側に膝《ひざ》をついた。障子は開け放たれている。

「新納様、初音でございます。お話がございますが、よろしゅうございましょうか」

初音が声をかけると、左近は気軽な口調で、

「初音殿か、入られよ」

と答えた。そそくさと部屋に入った初音は、ちらりと外をうかがい、障子に手を添えて閉めた。

男女ふたりきりの部屋で障子を閉めるのは慎みに欠けるが、左近はわずかに眉をひそめただけで、何も言わなかった。

「何用でござろうか」

左近がやや表情を硬くして問いかけると初音は手をつかえた。

「わたくし、先ほどお訪ねいたしました樋口様より、新納様へご伝言を頼まれましてございます」

「ほう、そのことを有川殿はご存じか」

興味深げに目を輝かせる左近に問われて、初音は困ったような表情をしてうつむき、小さな声で答えた。

「いえ、父にはまだ話しておりません。樋口様が、先に新納様にお伝えするように、とおっしゃいましたので」

　左近は微笑してうなずいた。

「さても有川殿の娘御は、伊也殿だけでなく初音殿も気丈でござるな。有川殿のご心痛がしのばれます」

　冗談めかした言い方に初音は耳を疑った。身に危険が迫っていると聞いた左近には、悠揚迫らぬ様子が見受けられる。

　不安に思った初音は、左近が弓矢で狙われる恐れがあることや、もし弓矢を使う刺客が用いられる場合、大和流門人の中では、これこれの三人だと名を挙げたことまで清四郎から聞いた通りに話した。しかし、左近の顔色は変わらなかった。

「それから、樋口様は、もし父が不在のおりに屋敷を襲われたならば、新納様をお守りできるのは姉だけであろう、ともおっしゃいました」

　伊也の名を聞いた時、左近はさすがに片方の眉《まゆ》をわずかに上げて、しばらく考える風であったが、やがて、

「なるほど、樋口殿がまずわたしに伝えるよう申されたわけがよくわかりました。藩命により咎《とが》を受けておる伊也殿を守り手とすることは、有川殿にはできかねましょうほどにな」

　と、にこりとして言った。

　言われてみると初音も得心のいくところがあった。とは言え、座敷牢に入れられて

いる伊也が守り手になれるのであろうか。

もし、座敷牢を出て左近を襲う者に立ち向かうとするなら、伊也は藩法を犯すことになる。清四郎は座敷牢を破ってでも左近を守れ、と伊也に伝えたいのだろうか。戸惑う初音を前にして左近は落ち着いた表情で、

「このことはわたしから有川殿にお話しいたしますゆえ。初音殿は知らぬ顔をしておいでなさい」

と告げた。

ほっと安堵《あんど》した初音は、顔をやわらげて頭を下げた。

伊也は座敷牢の中で日々を送っている。

目付方は日に一度、牢の錠をあらために来るだけで、終日、屋敷に詰めているわけではない。

家族が格子越しに伊也と話すことは憚《はばか》るのが定めで、食事などは女中が運んで、牢の中に差し入れる。

食した後、牢の外に出した器は女中が持ち去る。用を足すおりは鈴を鳴らして呼び寄せた女中が鍵《かぎ》を開けて、付き添い、厠《かわや》の外で待つ。

座敷牢に戻る際、ちらりと庭に目を遣《や》る束の間が息抜きと言えるが、そのほかは牢

内で読書にふける毎日だった。

十日ほど過ぎた日の昼下がりに、初音が座敷牢《ろう》の前に忍んできた。

――姉上。

声をひそめて初音が呼びかけると、伊也は格子に寄った。

「何事ですか」

「先ほど、ご登城なさいます前に、父上がわたくしに言い置かれたことがございます。本日、樋口様と姉上のご処分について申し渡しがあるのだそうでございます」

伊也は眉を曇らせた。自分の身はどうなっても構わないが、清四郎がどうなるのかは気にかかる。

「いかなるご処分が下るか、父上は何かおっしゃっていましたか」

「姉上についてはわかりませぬが、樋口様については漏れ聞いておられるそうです。おそらく夏まで二、三カ月の謹慎かと」

「それでお許しが出るのでしょうか」

伊也は喜色を浮かべた。初音はさらに格子に顔を寄せて声を低めた。

「何でも弓術師範の磯貝八十郎様が、樋口様をいったんは破門されたものの、いま一度、機会をお与えになりたいと申し出られ、夏の千射祈願をなしとげることができましたなら、破門を許すおつもりなのだそうでございます。そのおりに謹慎も解かれるは当然のことです」

「それはよかった。もともとあの方には何の落ち度もないのです。謹慎が解かれるのだろうとうかがいました」

伊也は我知らず、清四郎を、あの方とひそかに慕うひとのように呼んだ。初音は伊也の心の声を聞いた気がして、胸がつまった。それでも表情を変えずに、

「ですが、これにはいろいろわけがあるようなのです。そのことを姉上にご承知おきいただきとう存じます」

「わけとはどのような？」

伊也は初音に目を向けた。初音は囁《ささや》くような声で告げた。

「先日、樋口様をお訪ねいたしたおりに、わたくしは新納様へのご伝言を頼まれました。それは、樋口様が謹慎に処せられているのは、新納様を守らせぬようにする謀《はかりごと》であるとおっしゃるのです」

「さようなことを樋口様が言われたのですか」

「樋口様の謹慎が続いている間に弓矢にて新納様は狙われるかもしれぬゆえ、姉上にお守りいただきたいともおっしゃいました」

思いがけない話に、伊也は目を瞠《みは》った。

「それはどういうことなのですか」

「わたくしにもまったくわかりませぬが、樋口様は、もし新納様を弓矢で襲う者があるとすれば、この中の誰かだろうと三人、名を挙げられました」

初音はしっかり頭に入れた、河東大八、猪飼千三郎、武藤小助の名を告げた。それを聞いた伊也は、顔を強張《こわば》らせた。

「そのお三方は、いずれも軽格なれど、弓の達者として知られているひとたちです。樋口様を加えて磯貝先生門下の四天王と呼ばれています」

「さようでございましたか。樋口様は、父上が屋敷におられないおりに新納様が襲われるのではないかと案じておられました。そのおり、新納様を弓矢から守れるのは姉上だけだと申されたのです」

伊也は首をかしげた。

「なにゆえ、新納様は狙われるのでありましょう。新納様とはいったい何者なのですか」

初音は眉をひそめて頭《かぶり》を振った。

「わたくしも樋口様におうかがいいたしましたが、教えてはくださいませんでした。いずれにしましても姉上は新納様をめぐる陰謀に巻き込まれているのだと存じます」

「そのようですね」

伊也が静かに答えると、初音は膝を進めて言い添えた。

「きょう、どのような御沙汰《さた》が下るかわかりませんが、姉上にはお覚悟あって然《しか》るべきかと存じまして、父上のお許しも得ず、このようにお留守中に申し上げました」

「ようこそ教えてくれました。いかに身を処すべきか、わたくしの心が決まりました」

「ですが、姉上は座敷牢におられる身でございます。弓をとって矢を放つことはいたしようがないのではございませんか」

首をかしげる初音に微笑して伊也は答えた。

「何ほどのこともありません。牢など破るためにあるものでしょう」

伊也は目を輝かせて、勇猛の気を発した。

登城した将左衛門は大広間で渡辺兵部から伊也の処分の沙汰を受けていた。傍らに靫負もいる。

兵部は白扇を膝《ひざ》について、声高に言った。

「その方の娘、伊也が、ご家紋を射た罪は、まことに許し難し。よってご領内より、追放といたす」

手をつかえ、頭を下げて申し渡しを聞いていた将左衛門は、追放と聞いてわずかに顔を上げた。

何らかの厳しい処分は覚悟していたが、女子の身で領内追放となれば、どうやって生きていけばいいのか。

将左衛門が眉間《みけん》に皺《しわ》を寄せたのを見て、靫負がつめたい表情で言葉を添えた。

「殿にはそこもとの永年の忠勤を嘉《よみ》したまい、追放は今年の秋でよい、それまでは座敷牢に押し込めおくようにとのことじゃ」

「秋に追放とはいかなることにございましょうや」

訝《いぶか》しむ目を将左衛門が向けると、靫負はにやりと笑った。

「すでに漏れ聞いておろう。樋口清四郎には夏の千射祈願をなしとげれば、磯貝門下の破門が許され、謹慎も解かれることになった」

「それは存じておりますが」

「樋口にさような道が開かれたからには、娘御もいま追放してしまうのは、穏当ではあるまい。つまるところは清四郎が千射祈願をなしたれば、娘御も罪一等を減じられるやもしれぬということじゃ」

「まことに、ありがたき幸せにございます」

将左衛門は頭を低くして答えた。すると、靫負が反り返って言い足した。

「さて、そのように安堵いたしてよいかどうかはわからぬぞ。樋口に命じられる千射祈願は一矢も射損じなく行わねばならぬとのことじゃ」

「それは――」

将左衛門は目を剝《む》いた。

天下一の大矢数《おおやかず》を競う三十三間堂の〈通し矢〉でも、射損じなく射るわけではない。暮れ六つ（午後六時）から一万本余の矢を射て、このうち何本を通せるかを競うのだ。

尾州の星野勘左衛門が八千本の〈通し矢〉を行ったおりの総矢数は一万五百四十二本だった。つまり、実際には二千五百四十二本が通らなかった。

さらに紀州の和佐大八郎が二十六歳で八千百三十三本という未曾有《みぞう》の〈通し矢〉を行ったおりの総矢数は一万三千五十三本だった。実に五千本近くが通らなかったのだ。

一矢の射損じもなく、千本を通すというのは至難の業だった。

「樋口ならばできるであろう、というのが殿の仰せじゃ。弓矢での失態は弓矢で雪《すす》ぐしかあるまい」

兵部が将左衛門をじろりと睨《にら》んだ。将左衛門が押し黙ると兵部はさらに言葉を継いだ。

「そして、これは処分とは関わりなきことじゃが、そこもとは江戸藩邸の者どもがかねてから遊里に出入りし、放蕩《ほうとう》にふけり散財するのを憂えておったな」

「さようにはございますが、それが何か」

将左衛門は鋭い目になって問い返した。兵部はそっぽを向いて答えようとはせず、靫負が後を引き取って言った。

「殿にはそなたの危惧《きぐ》ももっともゆえ、近く江戸屋敷に赴き、綱紀粛正を行うべし、との思《おぼ》し召しじゃ。そのうえで、樋口が〈通し矢〉を行うところに帰国いたせとのことである」

将左衛門は苦い顔をした。

（わしを江戸に行かせた間に新納殿を討つつもりか）

江戸藩邸での遊興を行っている者とは藩主晴家自身とその側近たちである。

晴家が帰国しているいま江戸屋敷に行っても何の意味もなかった。将左衛門に屋敷を留守にさせるための命だということは明らかだった。

屋敷に戻った将左衛門は裃《かみしも》姿のまま座敷牢《ろう》に行って、

「伊也、そなたの処分は追放と決まった」

とさりげなく告げた。伊也は顔色も変えず、

「承りましてございます。かかることになりまして、父上には申し訳なく思っております。お許しくださいませ」

と答えた。そして、やや頬を染めながら訊《き》いた。

「して、樋口様のご処分はいかがあいなりましたか」

顔をしかめて将左衛門は答えた。

「初音には漏れ聞いたことを話しておいたゆえ、そなたの耳にも入ったであろう。千射祈願をなしとげれば破門と謹慎は解かれるということであった。しかし、きょう、聞いたところでは、少し話が違う。これは罠《わな》のようだ」

「なんと仰せでございますか」

伊也は格子にすがりついた。将左衛門は腕を組んで答えた。

「千射祈願において、一矢の射損じも許さぬというのだ」

伊也は息を呑《の》んだ。

「それは無理にございます。千矢射れば、途中にて疲れが出て指が痺《しび》れ、肩先にも力が入らぬようにもなりましょう。気力を奮い起こして千矢を射ることができるのは、百を超す〈落とし矢〉があればこそでございます」

「さようなことはわかっておる。樋口殿に対し、温情をかけるかに見せて、さらに失態を重ねさせて追い込むという策であろう。しかも、そなたの追放についても樋口殿の千射祈願のできしだいで考えようとのことじゃ」

「それは――」

なぜ、そのようなことになったのか、と伊也は当惑した。将左衛門はあっさりと言ってのけた。

「樋口殿が千射祈願を辞退せぬようにとの策略だな。そなたを追放から救うには千射祈願をしないわけにはいかなくなる。すでに、この話を聞かされて樋口殿は千射祈願を受けたというぞ」

「さようなことが――」

なぜ、このように自分にまつわることが清四郎の身を縛っていくことになるのか、と伊也は悲嘆した。せめて清四郎だけでも許されるならば、自分が追放になっても悔いはないと思っていたのだ。

将左衛門はしばらく考えた後、

「きょうはもう日が暮れたゆえ、明日、新納殿を交えて話をいたす。その際、そなたに見せておきたいものもある」

と言った。見せておきたいものとは何であろう、と伊也が考えている間に将左衛門は立ち上がっていた。

何事か決意した気配を感じさせる背中を見せて将左衛門は居間へ向かった。

九

清四郎は屋敷の裏庭に出て、ひさしぶりに弓を引いた。

八十郎から破門を言い渡されてから弓矢にふれることはなかったが、昨日の申し渡しにより、夏には千射祈願を行うことが決まった。それに伴い、

――屋敷での稽古《けいこ》は勝手たるべし

という許しも出たのだ。

裏庭に設《しつら》えられた的を〈通し矢〉用に低く据え付け、庭の地面に茣蓙《ござ》を敷いて座って構えた。的まで六十六間もあるわけではないが、矢を射る強さでおおよその飛距離はわかる。

夏に向けて〈通し矢〉の稽古を一日も欠かさずにしなければならない、と思った。

しかし、弓を構えると、立ち合いで向かい合った伊也の姿が浮かんできた。十間の距離があるのに表情までくっきりと見えた気がする。

清四郎はあのおり、伊也の袖《そで》を射貫《いぬ》いた。

ほかに方法を思いつかなかったからだが、伊也の弓が宙に向かって上げられた瞬間、同時に矢を放ちながらも、あっと思っていた。

伊也の射た矢が自分の頭上を高く越えて飛んでいくのを感じながら体が震えた。伊也の清冽《せいれつ》な想いの矢が正面から自分を射貫いたという気がした。

自らに向かって矢が飛んでくる最中、相手を射る矢をそらすことができる心とはどのようなものなのだろう。立ち合いの後、謹慎してからもそのことを考え続けた。そ

れは、ひたすらなる相手への想いでしかない。

初音という許嫁《いいなずけ》のある身だけに伊也の想いに応《こた》えることはできない。しかし、千射祈願をなしとげれば、伊也の追放処分を軽くすることができる、と聞いて勇躍した。あえて矢をそらせた伊也の心に応えるために、一矢も射損じることなく千射をなしとげねばならない。

それが難事であればあるほど、清四郎の心は奮い立つ。きりきりと引き絞る弓は清四郎の心同様に張り詰めたものになっていった。


この日、将左衛門は登城しなかった。

昼過ぎになって、座敷牢の前に初音とともに向かった。左近も呼ばれてきて、縁側に座った。将左衛門は伊也に向かって、

「わしは間もなく江戸に発《た》つ。夏には戻ってくるが、その間の心得について話しておきたい。伊也のなすことを手助けせねばならぬゆえ、初音にも話しておくのだ」

将左衛門が言うと、初音は驚いたように目を丸くした。伊也がなすことを自分が手伝うとはどのような意味かわからなかった。

「まずは、わが家になぜかようなる難事が降りかかってきたかについて話しておこう。たしかに樋口殿との立ち合いを望んだ伊也の浅慮ゆえではあるが、その因《もと》は別なとこ

ろにある」

将左衛門の言葉に伊也は思わず身を乗り出した。左近は静かに将左衛門の話に耳を傾けている。

「あの御前試合のおり、ふたりの百射の前に殿は休息をとられ、御座所から下がられた。そのおりにわしは新納殿を殿にお引き合わせしたのだ。そのことが殿のご不興を買った」

左近は苦笑して、口を挟んだ。

「まさか、あれほどお怒りになるとは思いませなんだな」

将左衛門はため息をついてうなずいた。

「それゆえ、百射を仕損じた樋口殿に厳しく当たられ、さらにそなたと樋口殿にあらぬ噂が立つと殿は側近の前で樋口殿を謗《そし》られた。そなたが樋口殿との悪《あ》しき噂を打ち消すために立ち合いを望んだのは、殿のご不興を知ってのことであろう」

「申し訳のないことでございました」

伊也は深く頭《こうべ》をたれた。将左衛門はそれに構わず話を続ける。

「だが、それを殿はわしを遠ざける口実にされた。さらに渡辺兵部らはわしを江戸に追いやった隙に新納殿を亡き者にいたそうと考えておる」

将左衛門の話は伊也を緊張させた。新納に差し迫っている危機は予断を許さないものだとわかった。

「樋口様は討手が大和流門人のうち河東大八殿か猪飼千三郎殿、武藤小助殿の三人のいずれかではないかと申されたそうですが」

伊也が言うと、将左衛門はちらりと初音に目を向けた。

初音は伏し目になって身をすくめる。将左衛門は顔をしかめながらも話を続けた。

「そうかもしれぬ。だとすると、これは、わが日置流雪荷派と大和流の戦いということにもなるのだ。流派の名にかけて後れをとることは許されぬ」

流派の戦いという言葉に伊也は顔を引き締めた。

いままでは、すべては自分の失態だと思っていたが、流派の戦いともなれば、性根の据えようがある。

将左衛門は左近にわずかに頭を下げてから、話を続けた。

「なぜ、さように左近殿が付け狙われるかを話しておこう。左近殿は、御腹違いながら晴家公の兄君にあたられるのだ」

左近が藩主の兄であるという言葉に驚いて伊也と初音は身を硬くし、手をつかえて頭を下げた。左近は気軽な口調で、

「兄とは言っても、身分が低きゆえ、側室にも上がれなかった江戸屋敷の奥女中がわたしの母なのだ。父上はわたしが生まれた時はまだ、部屋住みの身だった。それゆえ、

伝《つて》を頼ってわたしを旗本の神保《じんぼ》要左衛門《ようざえもん》殿に押しつけた」

と言ってのけた。伊也が息を呑《の》んで聞いていると左近は話を続けた。

「しかし、その後、六男で藩主となる見込みがなかった父上は、兄君が相次いで病で亡くなられたゆえ、思いがけずに家督を継がれたというわけだ」

と言った。平然と話すが、大名家の子に生まれて、そんな数奇な運命をたどったひとなのか、と伊也はあらためて左近の顔を見た。

将左衛門はうなずいて言い添えた。

「先代の殿はそれゆえ左近殿を養子に出したことを悔いられ、引き取ろうとされた。しかし、ご親戚《しんせき》に反対の声もあり、ご側室がいまの殿を産まれたこともあって、断念されたのだ」

わずかな運命の行き違いによって左近は大名の子ではなく江戸の旗本の子として育てられることになった、と将左衛門は話した。

「だが、先代の殿は左近殿に家紋入りの守り刀をお与えになり、藩主に万一のことがあり、後嗣なき時は左近殿を養子として迎えるべし、という遺言も残された。これは重臣一同が承知していることだ」

左近はにこやかに笑った。

「とは言っても、亡き父の気休めのようなものに過ぎぬ。いまさら、いったん養子に出した者をあらたに養子になどと、幕府も認めはしないだろうからな」

達観したように左近は言った。しかし、将左衛門の話を聞けば晴家に面差しがどことなく似ていると伊也には感じられた。しかも晴家より英明で剛毅《ごうき》であることは話しぶりを聞いてもうかがえる。

晴家にとって、このような異母兄がいることは面白からぬことだろう。藩主に万一のことがあれば養子に迎えよという先代藩主の遺言があるとすれば、恐るべき競争相手とも言えた。

将左衛門は厳しい顔になって話を続けた。

「近頃、殿が江戸表において遊里に出入りされ、乱行が続いていることはそなたらも噂に聞いたことがあろう」

伊也も耳にしたことがある話だった。

「遊興にふけられるのも困るが、見過ごしにできぬのは、乱費があまりに大きくなり、御家の金蔵を空にしかねないことなのだ。しかも、われらの諫言《かんげん》など聞こうともされぬゆえ、わしは左近殿にお出まし願い、お諫《いさ》めしていただこうと思い立った」

先代藩主の遺言で将左衛門はかねてから左近と面識があり、その人物のほども知っていたため、江戸に出たおりに屋敷を訪ねて仕官するという名目で扇野藩に来てもらいたいと頼んだ。しかし、最初、左近は将左衛門の頼みを断った。

すでに学問の道で身を立てようと考えており、実の父であると言われても先代藩主に何の親しみも感じていなかったからだ。

執拗《しつよう》に頼む将左衛門に左近が苦笑して、

「扇野藩はそれがしとは無縁です」

と言うと、将左衛門はなおも粘った。

「先代様より、左近殿には守り刀が贈られたと聞いておりますが」

「さよう、それはいまも所持いたしております」

「その守り刀に込められた思いをどのように思《おぼ》し召される」

「さて、わが子を守ろうという親の心でござろうか」

左近が何気なく言うと、将左衛門は頭《かぶり》を振った。

「さにあらず、自分亡き後、扇野藩を守って欲しいと、お託しになられたのだと存じまするぞ」

「託された?」

「さよう、ひとは与えられるものは拒むことができましょう。されど、託されたものを拒めましょうか」

将左衛門が言うと、左近は考え込んだ。

そして、返事を三日待って欲しいと言った。三日後に将左衛門が訪ねると、左近は『論語』の一節を口にした。

以《もっ》て六尺《りくせき》の孤を託す可《べ》く
以て百里の命《めい》を寄す可し
大節《たいせつ》に臨みて奪ふ可からざるなり
君子人《くんしじん》か、君子人なり

遺児となった幼君を安心して預けることができ、百里の広さがある大国の政《まつりごと》も任せられ、国家を揺るがすような大事件に臨んでその志を奪うことができない人を君子人と言うべきである、という意味だ。

「託されたことから逃げては学問の道を志しているなどとは申せませぬからな」

左近はそう言って将左衛門の頼みを承知し、神保の家を出て新納《にいろ》と名を変えたのだ。


左近は頭に手をやって苦笑した。

「託されたから、と勢い込んでやってきたのはよかったが、実は案に相違した。せっかくの諫言を、もしこれ以上の乱行が続けば、晴家公を押し込めにして隠居させ、わたしを新たな藩主として迎えるという脅しだととられてしまったのだ」

眉《まゆ》をひそめて左近は話を続けた。

「異母兄であるわたしが諫言すれば晴家公も行いを改めるであろうと有川殿は考えたのだが、そううまくはいかなかった、というわけだ」

将左衛門と左近の話を聞いて、伊也は得心がいった。左近を領内に呼び寄せるにあたって将左衛門はまず暗殺を警戒したに違いない。

そのため、弓の名手である清四郎を見込んで初音の婿として味方に加えたのだ。しかし、将左衛門が行った諫言に対する晴家の怒りは大きく、それが自分と清四郎に向かったのだろう。

将左衛門は伊也に向かって、

「おおよそのことはわかったであろうが、わしはまだ諫言することを諦《あきら》めたわけではない。必ずや道は開けると信じておる。しかし、その前に新納殿が討手の手にかかってはどうにもならぬのだ」

と嚙《か》んで含めるように言った。

伊也は膝《ひざ》を正して将左衛門に顔を向けた。

「お話はあいわかりましてございます。されど、わたくしは何をすればよいのでしょうか。樋口様は父上が留守の間、わたくしが新納様を守ることを望んでおられるとのことですが、座敷牢《ろう》を出てもよろしいのでしょうか」

そのことだ、と将左衛門はつぶやいて、しばらく考えた後、口を開いた。

「座敷牢を出ることはならぬ。藩法を破れば、殿はわが家を取りつぶされ、新納殿を匿《かくま》えぬようにされよう」

「しかし、それではいかようにしてお守りいたすのでございましょう」

そのことだ、と再びつぶやいた将左衛門は立ち上がり、隣室に伊也が置いている〈通し矢〉のために作られた稽古《けいこ》用の小型の弓と矢筒を持ってくると、初音に向かって、

「牢の鍵《かぎ》を開けよ」

と命じた。

初音は驚きながらも柱のそばの台に置かれた鍵をとって座敷牢の錠を外した。将左衛門は弓と矢筒を持ったまま座敷牢へ入った。そして座敷牢から縁側越しに見える中庭を指差した。

「もし、この屋敷を弓矢で襲う者がいるとすれば、攻め口は塀を乗り越えて中庭に入ることだ。中庭より、屋敷内に矢を射かけるしかない。幸いなことに、この座敷牢は中庭を一望できる。いわば中庭の見張り所ともなるのだ」

将左衛門の言葉に伊也はあらためて中庭を眺めて驚いた。

たしかに他の部屋からは庭木などが視界を妨げているが、この部屋からは隅々にまで目が届くのだ。

「父上、されど牢格子が邪魔でございます。そのうえ、天井が低うございますから、弓を構えることもいたしかねます。ここから矢を射かけることはわたくしには無理でございます」

弓は七尺五寸（約二百二十五センチ）が普通であり、伊也が眉根を寄せて言うと、将左衛門は笑った。

「そなたは、いままで何を修行してきたのだ。かかる場所から射る術《すべ》を身につけておらぬとは情けないぞ」

そう言った将左衛門は〈通し矢〉のおりと同じように床に安座する姿勢をとった。さらに傍らにあった、稽古用の半弓をとった。

半弓は六尺（約百八十センチ）より短い弓のことである。戦国時代の戦場で用いられることが多く、籐《とう》巻き漆塗りが施してあり、軍弓とも呼ばれた。

戦国武将、加藤清正《きよまさ》の事績を伝える『清正記』には、天正《てんしよう》九年（一五八一）の鳥取《とつとり》城攻めの際に、

――虎之助常々半弓をえたりければ腰につけたる半弓おつとり、かかる敵を射はらひ

とある。将左衛門は半弓をとって、中庭に向かい矢をつがえた。伊也は目を瞠《みは》って将左衛門の構えに見入った。弓が、きりりと満月のように引き絞られていく。

ひょお
ひょお
ひょお
立て続けに三本の矢が射られた。将左衛門の動きは流水のように何の停滞もなく、一本の矢を射ると、すぐに次の矢をつがえていた。

射られた矢は五寸角の格子の隙間を抜けて中庭に向かって飛んだ。庭木の幹に三本の矢が縦にならんで突き刺さった。

「お見事――」

左近が白い歯を見せて笑いながら褒め称《たた》えた。

伊也も将左衛門が矢を射るのを見るのはひさしぶりだったが、舌を巻く見事さだとあらためて思った。

「父上、矢の通し道を変えられましたな」

伊也が言うと、将左衛門は莞爾《かんじ》として笑った。

矢が抜けた格子の隙間はそれぞれ違う三ヵ所であり、将左衛門が巧みに狙いを変えたことを伊也は見逃さなかったのだ。

将左衛門は弓と矢筒を置きながら言った。

「まことの〈通し矢〉とはかようなものだ。たとえ、座敷牢でも弓の稽古はできるということを忘れるな」

将左衛門が置いた弓と矢筒に伊也は目を注いだ。自分が何をなすべきなのか、将左衛門から教えられたのだ、と悟った。

伊也は体の奥に熱い昂《たか》ぶりを感じていた。

十

伊也は、初音に手伝ってもらい、藁《わら》を巻いた的を庭に据えて座敷牢の中から矢を射る稽古を始めた。

左近を襲う者がいるとすれば、将左衛門の江戸行きを待っているはずだ。将左衛門の出立の前に格子の間を通して矢を射る技を習得しておかねばならないと伊也は思った。

初音が格子の間から弓矢を差し入れ、射た矢を的から抜いて持ってくる。何本か射た後、格子を通して矢を射るのは思いのほか難しいとわかった。

格子の間を通すことに心を傾ければ矢は力を失い、的を射貫《いぬ》けない。的だけに気を向けると矢は格子に当たってしまう。

（父上はさすがのお手並みであった）

いきなり座敷牢に入った将左衛門が戸惑うことなく矢を射たことを思い出した伊也はいまさらながら驚嘆する思いがしてため息をついた。初音があたりをうかがいつつ、格子に寄り、

「姉上、押し込めの身でかような稽古をしていることが目付方に知られたら、お咎《とが》めを受けるのではありませぬか」

と声をひそめた。伊也はゆっくりと安座して矢を弓につがえ、

「それゆえ初音にそばにいてもらっているのです。出し抜けに目付方が来るかもしれません。そのおりはすぐに弓矢と的を隠して欲しいのです」

「そのようなことがありますなら、わたくしは大忙しでございますね」

初音がにこりとすると、伊也もつられて微笑した。

「いずれにしても、わたくしたちはこれから忙しくなると思います」

「何事で忙しくなるのでございましょう」

首をかしげる初音を見た伊也は弓を引き絞り、厳しい表情になった。

「生き抜くために戦うのです」

言葉を発するなり、伊也は矢を放った。

ひょぉ
空気を切り裂く音を立てて、矢は格子の間を通り抜け、庭に立てた的の真ん中に命中した。

「お見事――」

明るい声をかけながら、左近が部屋から縁側に出てきた。

「新納様――」

左近を目にした伊也は、すぐに弓を置いて膝《ひざ》を正し、初音もあわてて手をつかえた。

先代藩主が後嗣亡き場合は藩主晴家の異母兄である左近を養子に迎えるべし、との遺言を残したと聞いてより、ふたりは左近への接し方を変えた。しかし、左近は以前と変わらず、親しげに声をかけてきていた。

中庭に立つ的に三本の矢が刺さっているのへ目を遣《や》った左近は、

「やはり、将左衛門殿の血を引いておられる。あざやかな腕前ですな」

と感心したような口振りで言った。伊也は頭《かぶり》を振った。

「いまだに格子を見てしまいます。的のみを見ればよいとわかっているのですが、やはり邪魔になるものに目が行き、的を心眼で見ることができません」

「ほう、心眼で見るとはいかようにするのです」

左近は座敷牢《ろう》に近寄り、腰を下ろして訊《き》いた。

「弓を射る際、矢を放つ前にあらかじめ的を射貫いたさまを頭の中で描いていなければ命中させることはかないません。目の前の格子に気を取られますと、目で見てしまい、心で見ることがおろそかになるのでございます。これでは的をはずしてしまいます」

「なるほど、そんなものですか。弓もまた奥が深い」

左近はしばらく何事か考えていたが、やがて、

「そうか。いまの話はすべてに通じるかもしれぬ」

とつぶやいた。伊也が怪訝《けげん》な眼差《まなざ》しを向けると、左近は微笑した。

「いや、わたしも渡辺兵部たちのような邪魔者に目を奪われ、晴家公に思いを伝えるという肝心のことができずにいる、と思い至った。伊也殿が射る矢のように一筋に向かわねばならなかったのだ」

左近の言葉に首肯した伊也は、自分は果たして座敷牢にいながら左近を守ることができるのだろうか、と不安を抱いた。

たしかに何本かの矢を射通すことはできたが、刺客が襲ってくるおりは、とっさに射返さねばならない。

あわてると格子が邪魔になり、狙えないこともありそうだ。そんな際にどうすればよいかを前もって考えておかねばならないだろう。

伊也が考えをめぐらしている時、左近は不意に立ち上がった。

「おそらく、きょうあたり、将左衛門殿は江戸行きを急《せ》かされているであろうな」

言い残した左近の後ろ姿を見送る伊也と初音に、雨もよいの湿った風が吹き寄せて、ふたりの髪のほつれがなびいた。


そのころ将左衛門は、城中の御用部屋で渡辺兵部、三浦靫負と向かい合っていた。

「さて、江戸屋敷にて綱紀粛正を行われるようにとの殿の思《おぼ》し召しをお伝えいたしてから、十日余りが過ぎてござるが、有川殿にはいっこうに発《た》たれる様子がないのはいかなることでござろうか」

兵部はじろりと将左衛門を見据えて質《ただ》すが、将左衛門は素知らぬ顔で答える。

「何分に急な仰せでござれば、留守中の仕置きに手間取り、なかなか江戸へ出立できずに申し訳なく思うております。なにとぞ、いましばらくのご猶予をお許しいただきたい」

靫負が苦い顔になって口をはさんだ。

「許してくれとは、いかなる所存でござる。だらだらと日延べをいたすは、殿の命をないがしろにいたすことになり、不忠の極みですぞ」

「さて――」

将左衛門は首をひねってしばし黙り込んでから口を開いた。

「では、十日の後に出立いたすということで、いかがでござろうか」

「さらに十日後だと」

靫負は目を怒らせて将左衛門を睨《にら》んだ。しかし、兵部は、ふっと気をそらして息を吐いた。

「まあ、よかろう。しかし、十日後には間違いなく発たれよ。さもなくば、ご不興を被《こうむ》りますぞ」

顔をしかめて言う兵部に頭を下げて、将左衛門は御用部屋を退出した。靫負は苦虫を嚙《か》み潰《つぶ》した顔で将左衛門の背を見送った。

将左衛門は大廊下を通り、玄関を出て大手門のそばに建つ藩校の照見堂《しょうけんどう》へ向かった。

照見堂には学舎のほかに剣術道場と弓術の稽古場《けいこば》がある。

将左衛門が弓術の稽古場に入った時、黒い稽古着を身につけて師範席に座っている八十郎の姿が見えた。弓を射る五人の少年に鋭い目を向け、八十郎は時おり、厳しく叱る声をあげていた。

将左衛門が入ってきたのに気づいた八十郎は目礼した。将左衛門は頭を下げて師範席のそばに座り、低く声をかけた。

「稽古中に申し訳なく存ずるが、いささか磯貝殿にお訊《たず》ねいたしたきことがござる」

八十郎は怪訝《けげん》な顔をしたが、すぐに平静な表情に戻り、うなずいた。

「なんなりとお訊ねくだされ」

「されば、うかがいたき儀はふたつござる。ひとつは、大和流に夜討ちの法はございましょうや」

「夜討ちなれば、松明《たいまつ》をかかげ、火矢を用いまする。流派によらぬのはご存じでござろう」

八十郎は、なぜわかりきったことを訊くのだろうかと不審げに将左衛門を見た。わずかに頭を振った将左衛門は、

「いや、戦での夜討ちではござらぬ。言うなれば、ひそかにひとを殺《あや》めるおり、月明かりだけを頼りに射る法でござる」

と質した。八十郎は腕を組んで将左衛門に問い返した。

「なにゆえ、さようなことをお知りになりたいのか、うかがわせていただけますかな」

「わしは話しても構わぬが、聞かぬ方がお身のためですぞ」

声を低めて将左衛門が答えると、八十郎は苦笑した。

「なるほど、一介の弓術師範であるそれがしは知らぬ方がよいと言われるのでござるな。されば——」

八十郎は膝の上に置いた手を握り締めた後、おもむろに口を開いた。

「これは大和流の法ではござらぬ。それがしが工夫したものにて、〈影矢《かげや》〉と名づけております。夜討ちでござれば、日頃から夜目が利くように鍛錬をいたします」

「いかにもさようでござろうな」

「さらに月が明るい夜、木や屋敷の陰にひそんで灯《あか》りの下にいる相手に射かけるのでござる。相手が灯りに近づくおりを呼吸にて計り、相手の動く先を読んで狙いを定めます。夜中は物の影に惑わされやすいゆえ、自ら影となって惑いを断つべし、というのが極意でござる」

目を閉じて八十郎の話を聞いていた将左衛門は、大いに得心するところがあったらしく、しきりにうなずいた。目を開けるや、さらに問いを発した。

「いまひとつ、おうかがいしたいのは、その〈影矢〉を会得いたした者はご門人中におられましょうか」

「まずは樋口清四郎でござる」

「樋口殿が——」

「さよう、清四郎はすでに精妙の域に達しております。清四郎を用いれば、狙った相手を殺めるは容易《たやす》いことでござろう」

「樋口殿のほかには？」

「清四郎とともにわが門下の四天王と言われておる河東大八と猪飼千三郎、それに武藤小助でござろうか。いずれも清四郎には劣り申すが」

「されど、それぞれに得意とするところはござろう」

的を射た将左衛門の言葉に、八十郎は苦笑した。

「まさか師が弟子の得手不得手をひとに語るわけにも参らぬと存ずる。お知りになりたくば清四郎に訊かれるがよろしかろう。もっとも謹慎の身でござれば、話を聞きに行かれるのも容易ではありますまいが」

「なればこそ、磯貝殿にお訊ねいたしておるのでござる」

訊きたいことは訊き終えたという顔をする将左衛門に、八十郎は問いを返した。

「夜討ちを受けるとお考えでござるか」

将左衛門は何も言わず、黙ってうなずいた。八十郎は何か言いたそうな目で将左衛門を見据えていたが、すぐにつぶやくように言った。

「〈影矢〉を防ぐ要諦《ようてい》は影を作らぬことでござる。夜中の間、篝火《かがりび》を焚《た》かれれば〈影矢〉を放つことはできませぬ」

「されど、日ごと篝火を焚くわけにも参らぬゆえ……」

言いかけた言葉を呑《の》んで、将左衛門はふと口をつぐんだ。やがて、片方の口の端をわずかに上げて笑みを浮かべ、

「かたじけない。工夫がつき申してござる」

と頭を下げた。将左衛門が辞去の挨拶《あいさつ》をして立ち上がった時、八十郎は稽古場に目を向けたまま、ぼそりと言った。

「申し上げておくが、わが大和流は日置流雪荷派に劣り申さぬ。されば、工夫だけで〈影矢〉をしのげるとは思われぬがよろしかろうと存ずる」

「いかにもさようでござろう。しかしながら日置流雪荷派の弓術も侮っていただいては困りますぞ」

「もしも、わが門人が夜討ちを仕掛けるならば、迎え撃たれるのは有川様でござるか」

八十郎は目を鋭くして訊《き》いた。

「いや、わが娘の伊也でござる」

「されど、ただいまは押し込められておられましょう」

驚きを隠さず目を瞠《みは》る八十郎に構わず、将左衛門はあっさりと言ってのけた。

「牢《ろう》の内であれ、外であれ、弓を射ることに変わりはござらん。矢が通る一筋の道さえあればよいのでござる」

「ほう、それは面白い。日置流雪荷派の一筋の矢と、わが〈影矢〉のいずれが勝るか見物でございますな」

「それがしもさように存ずる」

将左衛門は不敵な笑いを残して稽古場を出ていった。

十一

翌日——

初音は御高祖頭巾《おこそずきん》を被《かぶ》ってまた清四郎の屋敷を訪ねた。

以前と同じように裏門から入り、勝手口にまわった。清四郎から言いつけられているらしい女中は、初音の顔を見るなり勝手の脇の小部屋に案内した。

知らせを聞いて緊張した面持ちで小部屋に入った清四郎は、

「伊也殿になにかございましたか」

と真っ先に案じる表情をして訊いた。清四郎の伊也への想いを感じた初音は、嬉《うれ》しく思う反面、哀しい心持ちになりもしたが、自らの気持を抑えて答えた。

「姉は元気にいたしておりますゆえ、ご安心ください。かように参りましたのは、先日うかがいました磯貝様の高弟、お三人の腕前についてうかがって参れと父より言いつけられたからでございます」

「三人の腕前を？」

清四郎は首をかしげた。

「はい特に〈影矢〉なる技を、三人の方がいかように使われるかお訊きしたいとのことでございました」

「さようでござるか。なれど、〈影矢〉の技を有川様はいずれから聞かれたのであろうか」

眉《まゆ》をひそめて清四郎は訊いた。

「磯貝様からうかがったと聞いておりますが」

初音の素直な答えに清四郎は愁眉《しゅうび》を開いた。

「さようでしたか。〈影矢〉については秘技でござれば、軽々しく口にするわけには参りませぬが、磯貝先生がお話しになられたのなら構いますまい」

そう言ってしばらく考えをまとめる風に黙って下を向いていた清四郎は、ほどなく顔を上げてひと息に話した。

「河東大八は強弓を射ます。彼《か》の者の矢は、逃れようと隠れた雨戸をも射貫《いぬ》いて届きましょう。猪飼千三郎は速射に長《た》けております。一の矢を防げても二の矢、三の矢が息つく間もなしに飛んで参ります。武藤小助は身軽な者にて、おそらく忍びの技も心得ておりましょう。塀や庭木は言うに及ばず屋根の上にまでひそんで思いがけないところから射てくると存じます」

初音は一言も聞き逃すまいと耳をそばだてていたが、聞くにつれ、容易ならざる相手であることがわかり、戦慄《せんりつ》を覚えた。

「そのような方たちと座敷牢から出られぬ姉が戦えるのでございましょうか」

不安を抱いた初音の問いに、清四郎は微笑んで答えた。

「長所を挙げればさようなことになりますが、短所を見れば、河東は鈍重にて機敏さに欠けます。猪飼は速射ではあれど、狙いに難があり、武藤は忍びの技に頼り過ぎて本来の弓の強さがありません。ただ、伊也殿も座敷牢にいる不利はありますゆえ、油断はできませぬが」

大きくため息をつく清四郎の前で、初音は何気なく、

「姉は、これからは生き抜くために戦う、と申しました」

と口にした。これを聞いた清四郎ははっとして顔を強張《こわば》らせた。

「なるほど、さようでござるな。伊也殿は命を賭《か》けた戦いをされるのですな。なんとしてでもお助けいたしたいものだ。何か手立てはないものか」

清四郎は何事か考えをめぐらし始めた。

その表情を見て初音は、自分だけが何もすることなく置いていかれているのではな

いかと心細く感じた。

　十日後──

　将左衛門は江戸へと発《た》った。

「将左衛門め、やっと観念して江戸へ発《た》ちましたな」

　城中の黒書院の間で晴家の前に控えた靫負がおもねるように言った。傍らの兵部がこれを受けて、

「ようやく、あの新納左近なる怪しげな浪人を始末いたせましょう」

　と呟《つぶや》くように言った。晴家はわざと聞かぬ振りをして、

「将左衛門め、わしへの慮《おもんぱか》りを忘れおって、なにかと忠義面をいたしおる」

　と吐き捨てるように言った。

　靫負は大仰にうなずいて見せた。

「まことに、さようにございます。江戸から浪人者を引っ張り出してまで、何をするつもりか、腹の底がしれませんぞ」

「それも、もう終わる。将左衛門め、江戸から戻ったら目を剝《む》いて驚くぞ」

　兵部と靫負がくっくっと笑うと、晴家の顔にもわずかに笑みが浮かんだ。だが、靫負が何気なく、

「しかし、新納左近なる者が御家の血筋とはまことでありましょうか」

と漏らすと、とたんに晴家の顔に翳《かげ》りが過《よぎ》った。兵部は靫負の失言を叱るように、

「埒《らち》もないことを申されるな」

と鋭い声を発した。靫負はあわてて、手をつかえ頭を下げた。

「いたらぬことを申しました。お許しください」

晴家は靫負の言葉も耳に入らぬように、不機嫌な表情で押し黙っている。手もとの煙草盆から煙管《キセル》を取ろうとした手がわずかに震えた。

兵部はそんな晴家から目をそらせた。


将左衛門に家士の土井半蔵が供をして出たため、屋敷に残っている男は左近と家僕の吉助だけになった。

将左衛門が発つ前日、そのことを心細く思った吉江が、親戚《しんせき》から誰ぞに来てもらうわけには参りませんか、と頼んだが将左衛門は頑として応じなかった。

「わが家はいま伊也がお咎《とが》めを受け座敷牢に込められておる。さようなおりにひとを屋敷に呼ぶのは憚《はばか》られる」

「さようではございましょうが、旦那《だんな》様の近頃のご様子から、何やら不穏なことが起こりそうだと察せられて、気がかりでなりません。万一のおりはいかがいたせばよろ

しゅうございましょうか」

懸命に訴えかける吉江を宥《なだ》めるように、将左衛門は落ち着いた面持ちで、

「心配いたすな。わしが仕込んだ伊也の弓は、この家に降りかかる災厄を祓《はら》うに足るものだ。伊也を信じておればよい」

と告げた。きっぱり言い切られて伊也に寄せる将左衛門の信頼の厚さに安堵《あんど》する心持ちになったらしく、吉江は声をやわらげた。

「まことに伊也は旦那様によく似ておりますゆえ」

「父と娘だ。似ていて不思議はあるまい」

「初音はわたくしに似たのでしょうか。武張《ぶば》ったことを好みませんので、旦那様のお心にかなうとは思えませず……」

ずっと気にかかっていたのだろう、あとの言葉を濁して吉江はうかがうように将左衛門を見た。

「案じなくともよい。技に長じておるだけで武は備わるものではない。義のためにわが身を投げ出すことを厭《いと》わぬ勇気こそが武の心だ。初音には武の心があるとわしは見ておる。伊也を助けることができる者がいるとすれば、初音であろう」

将左衛門はこともなげに言い置いて出立の支度に戻ったのだった。出立した日の夜、吉江は将左衛門が言い残した言葉を初音に告げた。

「わたくしに武の心があると父上は申されたのですか」

初音はわずかばかり目を丸くした。

「さように思っておられるようですよ。幼いころより、伊也は父上が手塩にかけて自ら弓矢の指南をなされ、そなたは放っておかれたように思い、気にかかってなりませんでしたが、父上のお心のうちをお聞きしてそうではなかったとわかり、心が安まりました」

吉江は嬉《うれ》しげに口にしたが、初音にはすぐに得心がいくことではなかった。日置流雪荷派を継ぐ伊也は、将左衛門にとってかけ替えのない娘であり、自分はそうではないとずっと思ってきた。

（わたくしに勇気などあるのだろうか）

伊也を助けることができる者がいるとすれば初音だ、という将左衛門が残していった言葉は、いまの初音には信じられない気がするものだった。

将左衛門の言葉に思い惑った初音は、翌日、朝の茶を持っていったおりに、胸のうちにあるわだかまりを左近にそれとなく話した。

口に出した後、そうだった、殿様の兄上にあたる新納様に、こんな話をしてよかったのだろうか、と後悔した。初音は顔を赤くして手をつかえ、

「申し訳ございませぬ。かような私事を申し上げまして」

と頭を下げた。左近は笑って、

「有川殿は江戸へ発たれる前に刺客に備えて打てるだけの手を打ったものと見える。その中に、伊也殿の日置流雪荷派の弓矢と初音殿の武の心も入っているのであろう」

と将左衛門の心を推し測った。

「わたくしは新納様をお守りするお役に立てるのでございましょうか。とても信じられぬ思いがいたしますが」

「有川殿はさように思うておられるゆえ、伊也殿を助けられるのは、初音殿であろうと申されたに違いない」

「もしそうでございましたなら、嬉しゅうございますが」

初音が真剣な顔をして言うと、左近は堪《こら》え切れないといった様子で親しみのある笑い声をあげた。

「わたくしは何かおかしなことを申しましたでしょうか」

訝《いぶか》しそうに訊《き》く初音に、左近は笑いながら答えた。

「いや、そうではない。初音殿はまことに直《す》ぐな心を持っておられると感心いたしたのだ」

直ぐな心を持っていると言われても、すぐには自分の気持にそぐわなくて、初音は首をかしげた。

「初音殿はひとの話を素直に聞き、おのれの胸のうちにあることを包み隠さずに話す。それゆえ、直ぐな心を持っていると申したのだ」

「直ぐな心でございますか」

「さよう、あるいは有川殿が申される武の心とは、そのような直ぐな心を指すのやもしれぬな」

左近は微笑しながら茶碗《ちゃわん》を手に取り、ゆったりと茶を喫した。

障子が開け放たれた部屋から見える中庭の隅に、いつの間にか花菖蒲《はなしょうぶ》が花冠を開かせている。

この日の昼下がり、いつものように目付方が牢《ろう》の錠をあらために来たが、これまでと違い、三人の男を供にしていた。

ひとりは目がぎょろりとした六尺を超す大男で、もうひとりは痩《や》せて頬がこけ、あごが細い。三番目は色黒で小柄な男であり、目が鋭くて隙のない足の運びを見せた。

将左衛門がいないため吉江が応対に出たが、目付方は三人を供と言っただけで、特に名を告げることはなかった。

吉江がしかたなく座敷牢に連れていくと、三人の男を見た伊也の顔色が変わった。

男たちはさりげなく中庭や縁側に続く奥の部屋などに目を走らせた。ついと座敷牢

の前に片膝《かたひざ》をついた大男が、

「拙者の顔は見知っておられよう。普請方《ふしんかた》の河東大八でござる」

と野太い声で名のった。伊也は大八とほかのふたりをじろりと見遣《みや》り、おもむろに口を開いた。

「見知っているのは河東殿だけではございません。勘定方《かんじょうかた》の猪飼千三郎殿に郡方《こおりかた》の武藤小助殿でございましょう。お三方とも目付ではないと思いますが、なにゆえに参られましたか。役目でもない者が牢にあるわたくしを見に参るとは無礼でありましょう」

伊也の鋭い指摘に大八は顔をゆがめた。

「われらは、ご重役の命により、参ったまででござる。さように憤られても困り申す」

「ご重役とはどなたであろう。渡辺兵部様ですか」

詰問する口調で問われた大八が顔をそむけるのを見た千三郎はせせら笑った。

「座敷牢に入れられておるのに、鼻っ柱の強いことだ。さすがに日置流雪荷派を継ぐ、弓矢小町と囃《はや》されるだけありますな」

伊也はきっとなって千三郎を見据えた。

「かような場で流派の名を口にするとは慎みのないお方じゃ。それが大和流の作法でございますか」

千三郎は何か言い返そうとしたが、伊也に睨《ね》め付けられて、顔を青ざめさせ、口をつぐんだ。くっくっと小助が笑った。

「さように頭ごなしに申されずともよろしゅうございましょう。われらが来たわけはおわかりのはず。いずれわれらの大和流を味わっていただこう」

三人は不遜《ふそん》な眼差《まなざ》しを伊也に注いだ。

「わたくしが伝え聞いております大和流の四天王とは、かような方々でございましたか。どうやら大和流を名のるにふさわしきは樋口清四郎様、ただおひとりと見受けましたぞ」

伊也がひややかに言い放つと、間が悪くなったのか、目付方と三人はそそくさとその場を去った。

目付方が帰った後、入れ替わるように左近が座敷牢のそば近くに来た。

「あの者たちが刺客というわけですか」

四人が去った方に目を遣りつつ問う左近に伊也はうなずいた。

「おそらく、下見に参ったものと思われます。三人すべてが刺客を引き受けるとは思っていませんでしたが、三人そろってとは驚きました」

「よほどわたしを邪魔だと思う者がいるようですな」

左近は落ち着いた声で言った後、伊也に顔を向けて言葉を継いだ。

「もし、あの三人が一度に襲ってくるとするならば、何となさる」

問われた伊也は苦悶《くもん》の表情を浮かべた。

「さて、ひとりひとりならば、いかようにもしようがあると存じておりましたが、三人そろってということになりますと、手強《てごお》うございます」

左近は気にした様子もなく笑った。

「つまり、それがしの命は風前の灯《ともしび》ですな」

「決してさようなことには」

「いや、よいのだ。わたしはこの国にやってくるおりの覚悟が足らなかった。伊也殿を見ていて、よくわかった。目指すところへ一筋に心を向けなければ何事もなせぬのだとな」

左近の眉宇《びう》には意を決した男の気魄《きはく》が表れていた。

それは有川屋敷に滞在するようになってから、左近が一度も見せたことがない気概だった。

（やはり、この方は藩主となられる器量をお持ちなのだ）

伊也は畏怖《いふ》の念を覚えて左近を見つめた。

その日から、伊也は格子を通して矢を射る稽古《けいこ》を夜も行うようになった。

三人が〈影矢〉を使うのであれば、襲ってくるのは夜に違いない。しかも、三人の得手とするところを合わせれば、強く、切れ目なく、思いもかけぬところから射かけてくる矢だ。それに対して伊也は格子の狭間《はざま》から応戦しなければならない。

（無理かもしれない）

伊也の胸に不安が浮かぶ。

父は三人の中のひとりだけが刺客となって襲ってくると思っていたようだが、三人がそろってくれば座敷牢にいては戦えないのではないだろうか。やはり座敷牢を出て戦うほかない気がする。

夜の稽古を終えるころ、伊也は考えたことを初音に話した。

「座敷牢を出ると言われるのですか」

初音は息を呑《の》んだ。

「さもなければ、とても新納様をお守りできぬと思うのです」

「ですが、さようなことをすれば、お咎《とが》めが父上にも及び、わが家はお取りつぶしになるかもしれません」

「さようなことは言っておられぬと思います。夜だけでも錠を開けるのは無理ですか」

伊也は何としてでも聞き入れてもらわねばと、ひたと初音の目を見て言った。

困ってうつむいていた初音は、きりりとした顔を上げて、そのようなことはできませぬ、と答えた。

「そうですか」

伊也は大きくため息をついた。初音は申し訳ないという気持で胸が詰まった。

「やはり、わたくしには武の心などありません」

泣きそうになりながら初音は言った。

「武の心とは何のことですか」

「父上が江戸に発《た》たれる前、母上にそう言い残されたそうです。わたくしには武の心がある。姉上を助けるのはわたくしだろう、と。そう言われましても、そんな勇ましい心はわたくしにはありません」

初音はうつむいて嗚咽《おえつ》した。伊也はそんな初音を慈しむ眼差しで見つめていたが、ふと目をそらして中庭を見遣った。

まだ雨戸を閉《た》てておらず、黒々とした闇に沈む中庭が見える。庭石の傍らに古びて苔《こけ》が生えた石灯籠《いしどうろう》が置かれ、灯《ひ》が点《とも》されていた。

近頃まで庭の石灯籠に灯を入れたことはなかったが、将左衛門が江戸へ発つ前に吉助に毎夜、灯《あか》りを点すように命じたと聞いた。

「もしかすると――」

にわかに言葉を発した伊也に驚いた初音は、袖《そで》で涙をぬぐった。

「姉上、いかがされましたか」

「父上はすべてを見通されているのかもしれません」

伊也は石灯籠の灯りをじっと見つめて考えをめぐらし始めた。

十二

十日が過ぎた。

雨の日が続いている。

十日の間、有川屋敷が襲われることはなかった。

晴れ間が見えず鬱陶《うっとう》しく感じられる日、河東大八と猪飼千三郎、武藤小助の三人は八十郎から八幡《はちまん》神社の堂形《どうがた》に呼び出された。

昨夜来の雨は止んでいるものの黒々とした雲が天にかかっており、いまにもまた降り出しそうな空模様だった。

堂形の前に立った八十郎は三人の顔を見回して、

「そなたらが何をしようとしておるか、わしは知らぬ。また、そのことの是非を問いたいわけでもない。しかし仮にもそなたらは大和流磯貝八十郎門下の四天王と呼ばれる者たちだ。日置流雪荷派に後れをとることは許さぬ」

と告げた。三人は顔を見合わせた。うなずき合ってから大八が恐る恐る言い出した。

「先生、われらは流派の争いをするつもりはございません。ご重役の命により、怪しげな浪人者を成敗いたすだけでございます」

「しかし、その浪人は有川屋敷にいるのであろう。言うなれば日置流雪荷派を攻めるということにほかならぬ。有川様はすでにそなたたちに備えておると見ねばなるまい」

教え諭す口調で言う八十郎の言葉を聞いた千三郎が薄笑いを浮かべて口を挟んだ。

「されど、有川様が江戸に赴かれたいまは、有川屋敷にて弓を使う者は伊也という娘ただひとりです。まして座敷牢《ろう》に入れられておりますし、仮に牢から出て参ろうとも何ほどのことがありましょうや」

軽々しく口にする千三郎に、冷淡とも取れる口振りで八十郎は切り返した。

「〈影矢〉の秘伝を有川様はすでに知っておられる」

「なんですと」

「まさか――」

「まことでございますか」

三人が口々に言うと、八十郎は厳しい表情で言い放った。

「まことのことだ。わしが有川様に話したゆえな。すでに有川様は〈影矢〉への手立てを講じておられよう」

小助が一歩、詰め寄って凄《すご》みのある声で迫った。

「なぜにさようなことをなされたのでございますか。ご重役の命に逆らい、有川様と怪しげなる浪人者に加担されるおつもりですか」

八十郎はゆっくりと頭《かぶり》を振った。

「そのつもりはない。わが大和流に卑怯《ひきょう》なる闇討ちの弓矢はないからだ。〈影矢〉は戦場での夜討ちのために工夫いたしたのだ」

「さように仰せられても、われらは納得が参りませんぞ。それに向こうにいかに工夫がありましょうとも、われらが〈影矢〉を仕損じるとは思えませぬ」

声を荒らげる大八に八十郎はうなずいた。

「そうでのうては困る。しかし、万が一にも〈影矢〉が破られるようなことになれば、あとは遠矢の勝負になると心得よ」

「遠矢ですと？」

千三郎が心外だという表情になった。小助が苛立《いらだ》たしげに言葉を入れる。

「われらは〈通し矢〉をやろうというのではござらん。さほど遠くにまで矢を射かけるつもりはございませんぞ」

八十郎は三人を哀れむような目で見て、

「お主らはまことの遠矢を知らぬようだな。ならばいまから、まことの遠矢をわしが見せてやろう」

と言った。八十郎は支度していた弓と矢筒を手に悠然と堂形にあがった。三人は堂形の外で八十郎の姿を見守っている。

「見よや」

ひと声かけて、安座の姿勢をとった八十郎は矢を射始めた。

矢は一直線に堂形を越えて遠くまで勢いを失わず飛んだ。続け様に八十郎が弓を射るのを見つめるうちに、三人の顔色はしだいに青ざめていった。

八十郎が射る矢は、まったく同じ高さで一筋に連なったように寸分の狂いもなく放たれる。上下にぶれず左右にそれることもなく、まるで見えない糸でつながっているように飛んでいく。

八十郎が矢を射ている間に、しとしとと小雨が降り始めた。しかし三人は微動だにせず八十郎を見つめ続け、濡《ぬ》れそぼっていった。

降り続いた雨が止んだのは、二日後のことだった。

夕餉《ゆうげ》の膳《ぜん》を女中が下げようとしたとき、伊也は初音を呼ぶように言いつけた。ほどなく初音が来ると、伊也は髪を後ろに高く束ね、袴《はかま》をつけて弓矢の稽古《けいこ》をするおりの男装をしていた。

驚いて問いかける初音に、伊也は静かに告げた。

「姉上、そのお姿は――」

「雨が止み、風もありません。今夜は月も出るでしょうから、おそらく刺客が来ると思われます」

息を呑《の》む初音に顔を向けて伊也は話を続けた。

「吉助に言って、すぐに雨戸を閉《た》てさせるのです。それから、かねて作るように言っておいたものを持ってくるようにと。新納様と母上には何事があろうとも部屋から出られぬように申し上げてください」

はい、とうなずいて初音が行こうとすると、伊也は、手燭《てしよく》をひとつ持ってきてください、と言い添えた。

吉助に伊也の言いつけを伝え、左近と吉江に知らせてから、初音は座敷牢の入り口近くに寄り、手燭を牢の中に差し入れた。

伊也は正座して目を閉じている。

ひたすら心を集中する姿には厳かな美しさがあった。

吉助が雨戸を閉ててまわる音を耳にしながら、初音は隣室の壁際に控えた。刺客が襲ってくるにしても、伊也のそばにいようと思っていた。

自分でも不思議なほど恐怖は感じない。伊也の弓矢ならば、どのように凶悪な刺客に襲われようとも退けることができる気がしていた。

やがて矢の束を持ってきた吉助が格子の間から座敷牢に差し入れた。普通の矢のように見えるが鏃《やじり》のあたりに黒い布が巻かれて太くなっている。

伊也は、吉助にも部屋に戻って物音がしても決して出てはならぬ、と言いつけた。しだいに夜が更け、雲間から月が白々と庭を照らした。

伊也は身じろぎもしないで目を閉じ、座り続けている。

手燭の蠟燭《ろうそく》が短くなったのを見た初音が、新しいものと取り換えようと座敷牢のそばに行ったおり、遠くから刻《とき》を報《しら》せる鐘の音が響いてきた。

それが合図であるかのように、突然、雨戸を貫く凄《すさ》まじい音がして縁側に矢が突き立った。さらに二本目、三本目の矢が雨戸を貫く。

「河東大八の強弓です」

伊也は冷静に言いながら、安座の姿勢をとり、先ほど吉助が持ってきた矢をつがえた。雨戸を貫く矢が止まったかと思うと、バタバタと音を立てて雨戸が倒れていった。

皓々《こうこう》と輝く月明かりが座敷に差し込む。

初音は急いで隣室に身を避けた。

黒い影が中庭を走った。ひとりが矢で威嚇すると同時に別のひとりが雨戸を倒したのだ。無防備に月明かりが差す座敷は、中庭から矢を射かけることができる。

月光に照らされながらも樹木や庭石は黒々とした影を中庭に落としている。石灯籠《いしどうろう》の灯《あか》りが揺らめいてはいるものの闇は深く、どこに刺客がひそんでいるのかわからない。

伊也が矢をつがえたまま睨《にら》んでいると、闇の中から数本の矢が次々に飛んできて、格子に突き刺さった。

「猪飼千三郎の速射――」

伊也はつぶやきつつ、弓を引き絞った。

ひょお
伊也が放った矢は格子の間を通り、石灯籠の火袋を抜けた。瞬間、石灯籠に点《とも》された火が矢の先端にからみつき、炎が上がった。

燃え上がった矢は庭木の幹に突き立ち、木の根元にひそんでいた大八の姿を浮かび上がらせた。伊也はさらに手燭にかざして火をつけた矢を次々に射た。

吉助に作らせたのは、油を染みこませて幾重にも巻きつけた黒い布の間に火薬を詰めた火矢だった。

火矢は数本の庭木に突き立って燃え上がり、あたりを照らした。植え込みの陰から矢を射かけようとしていた千三郎の姿が見えた。さらに庭木の太い枝の上から弓を構えた小助も明々《あかあか》と浮かび上がった。

「〈影矢〉敗れたり」

伊也はなおも矢を放ちつつ、叫んだ。

十三

左近は部屋の中で脇差の柄《つか》に手をかけ、外の様子をうかがっていた。

雨戸が倒されて障子に月光があたり、灯りを消した部屋はほのかに明るくなっている。座敷牢《ろう》のあたりで矢を射る音が響いてきて、手に汗握る思いがした。

刺客が襲ってきても部屋から出ないように、との伊也の言伝《ことづて》を初音から聞いてはいたが、中庭で矢を射る音がすさまじくなるにつれ、じっとしていられなくなった。部屋を飛び出しそうになった時、将左衛門が伊也の腕前を信じていたことを思い出した。

（わたしがなまじいに動けば、かえって伊也殿が戦いにくくなるやもしれない）

部屋の隅で息をひそめ、緊張を高める。もし敵が伊也に迫っているようであれば、すぐさま助けに行こう。

左近は目を閉じて矢の音に耳を澄ました。

中庭から座敷牢へ矢が放たれているようだ。射返す伊也が何事か声を高くして言っているのも聞こえた。

伊也が勇壮に戦っているのが伝わってくる。

(この様子だと、わたしの出番はまだ先になりそうだな)

左近は詰めていた息を大きく吐いた。

同じころ、部屋にいた吉江は中庭の方から響いてくる物音に怖れを抱いたが、伊也に言われたことを守り、端坐《たんざ》したまま動かなかった。

家僕の吉助やふたりの女中も屋敷内の異変に気づかないはずはないが、うろたえて騒ぐことなく息をひそめている。

この屋敷でいま戦えるのは伊也だけだ。戦う者の指図に従うのは武門の習いで、吉助や女中たちもかねてその心得を諭されている。しかし、女の身で伊也がどれほどの戦いをしてのけるかがわからないながらも、

――わしが仕込んだ伊也の弓は、この家に降りかかる災厄を祓《はら》うに足るものだ。伊也を信じておればよい

と江戸へ発《た》つ前に将左衛門が言い残した言葉を信じるしかないと思い定めて、吉江は暗闇の中で身を強張《こわば》らせていた。

暗さに目が慣れてきたころ、ふと、将左衛門の、

——伊也を助けることができる者がいるとすれば、初音であろう

という言葉を思い出した吉江は、初音が伊也のそば近くにいるのではなかろうかと不安を覚えた。

弓矢の修行をしてきた伊也と違い、初音に武芸の心得はない。戦いの場に居合わせて、自分の身を守る術《すべ》を持っていないように思える。

伊也を助けることができるなど、思いも寄らない。初音の安否が気遣われ、吉江は居ても立ってもいられない気持になった。中庭から不気味な、

ひょお

ひょお

と矢が放たれる音が響いてくる。

(伊也と初音は大丈夫だろうか)

吉江は背筋が凍りつく思いがして体が震えた。

座敷牢の格子に続けざまに矢が突き立った。

しかし格子の間を抜けて牢の中まで射込まれる矢は、まだない。手燭《てしょく》の灯りがゆらめくだけのかすかな明かりでは狙いを定めるのは難しい。

「未熟者、格子を通すこともできませんか」

わずかに笑みを浮かべて、伊也は狙いすました矢を放った。

庭木の根元にひそむ大八がいままさに矢を射ようとした瞬間、胸板に伊也の射た矢が突き立った。弾《はじ》かれたように大八は倒れた。

「河東――」

千三郎が声をかけるが、大八は立ち上がれない。

「やられた。わしはもう弓を引けそうにない」

口惜《くや》しげに大八がうめくと、千三郎は、

「女子《じょし》の分際で小癪《こしゃく》な真似を」

とわめいて矢を弓につがえた。その様子を冷静な目で見ながら、伊也は格子の陰に隠れるよう体の向きを変えた。

空気を切り裂く音がして千三郎の射た矢が格子の間を抜け、座敷牢の畳に突き立った。伊也は格子を楯《たて》にして矢を逃れた。

「おのれ――」

と千三郎が焦って矢継ぎ早に射かける間に、

「わしが、浪人者を始末しようぞ」

と怒鳴った小助が、むささびのように庭木の枝から素早く屋根に飛び移った。

屋根瓦《やねがわら》の上をするすると走る小助の姿は、あっという間に軒に遮られて伊也の目から見えなくなった。

（新納様が危ない——）

小助は屋根を移動して左近の部屋に矢を射るつもりだ、と伊也は察した。

座敷牢に押し込められた身で屋根の上から射られる矢を防ぐことはかなわない。どうしたものかと伊也が策をめぐらせる間に、小助は左近の部屋を望める向かい側の屋根の上に立ち、きりきりと弓を引き絞った。

風を切る矢音を響かせて、左近の部屋めがけた矢が数本立て続けに射られ、障子を突き破った。

部屋から物音が聞こえてこないところをみると、左近は無事のようだが、さらに射かけられては危うくなるに違いない。

伊也が不安を抱いた時、宙を赤い炎が走った。

——火矢だ
伊也は愕然《がくぜん》とした。

弓矢での夜討ちには火矢がつきものだとわかっていたが、左近ひとりを狙って焼き討ちを仕掛けることはよもやあるまいと思っていた。

左近の部屋の障子に火がついた。燃え広がれば左近は外へ出ざるを得ないだろう。その時千三郎の矢の餌食《えじき》となるのは目に見えている。もはや座敷牢にいてはふたりの攻めを防ぐことはできない。

「初音、牢の鍵《かぎ》を持ってきて開けなさい」

伊也は、隣室に逃れて身をすくめている初音に叫んだ。初音は目を瞠《みは》り、

「でも、それでは牢を破ることに」

とためらう声を返した。いったん座敷牢を出たら、刺客が襲ってきたからと弁明しても罰せられるに違いなかった。

伊也はせわしなく言葉を継いだ。

「このままでは新納様が討たれます。お守りいたすのは、父上より託されたわたくしたち姉妹の使命ではありませんか」

伊也に叱咤《しった》されて、一瞬目を閉じた初音は、すぐに立ち上がると柱のそばにある台の上から鍵を取った。

左近を討たせるわけにはいかない、助けたいという強い思いが初音の胸に湧いていた。いつしか矢を射られることへの怯《おび》えは消えている。

(新納様を、お救いいたさねば)

初音は強い思いを抱いている自らの心に気づいて驚いた。

初音にも武の心があると言った将左衛門の言葉を慮《おもんぱか》ると、武の心とは、ひとを想い、相手のために危うい目にあおうとも悔いぬ心持ちをいうのかもしれない。

鍵を持って座敷牢《ろう》に近づく初音の姿を目ざとく見つけた千三郎は不審げに首をかしげたが、すぐに牢を開けようとしているのだと気づいた。

伊也が牢から出ては屋根の上で隠れる場がない小助の身が危うくなると考えた千三郎は、

「そうはさせぬ」

と、初音が牢の鍵を開けるため跪《ひざまず》くのを待ち構えて、弓を引き絞り、矢を放った。

錠に鍵を差し込もうとする初音の肩に矢が刺さった。

──あっ

焼けつくような鋭い痛みが初音の肩に走った。

悲鳴をあげた初音は手にした鍵を取り落とし、牢格子に寄りかかるように跪いた。

身をよじると肩に刺さった矢が抜け落ちた。

「──初音」

と叫んで、伊也は格子越しに初音の体に手を添えた。見る間に初音の左袖が血に染まった。傷ついた初音に千三郎はなおも矢を射かけてくる。

（女子に矢を放つとは何と卑劣な）

伊也は体が震えた。弓矢は魔を祓《はら》い、敵を退けるために射るものだ、と伊也は信じてきた。

武器を持たぬ女子供を射るなど、弓矢を持つ者の恥辱とするところではないか。だが、今宵《こよい》、襲撃してきた三人の弓士にはそんな殊勝な心掛けはないようだ。

（彼奴《あやつ》らは弓士に非《あら》ず）

伊也は歯嚙《はが》みした。

この間にも左近の部屋にはさらに火矢が射かけられ、炎が大きくなっている。それを目にして伊也は猶予ならない、と気が急《せ》いた。火に追われて左近が部屋を出てきては、如何《いかん》ともし難い。

伊也は、初音が落とした鍵を拾おうとした。

自ら錠を開け、牢を出て左近と初音を助けねばと、懸命に格子の間から手を伸ばした。初音は閉じていた目を開け、額に汗を浮かべて苦しげな表情をしながらも、

「大丈夫です」

と痛みで気が遠くなりかける自らを励まし、必死の面持ちで鍵を拾って格子に手をかけ、膝《ひざ》を立てて錠を開けた。それと同時に初音は気を失ってその場に倒れ伏した。

伊也は弓矢を手に座敷牢を出た。

次々と矢が飛んでくる。

千三郎が放った矢を弓で払い落としながら、倒れた初音に一瞬目を遣《や》り、

「わが妹に矢を射かけるとは卑怯《ひきょう》なり。許さぬ」

と憤る言葉を叫んで、伊也は弓につがえた矢を庭に向けた。

千三郎も弓を構え、伊也に狙いを定める。ほとんど同時に矢を射たと見えたが、伊也が放った矢が千三郎の肩に刺さる方が早かった。矢を放つなり伊也は、素早く縁側に出て千三郎の矢をかわした。

うめき声をあげた千三郎は肩を押さえて跪いた。

肩に傷を負ったからには、もう弓は引けない。大八は、地面に伏したまま動かない。

三人のうち、ふたり倒したのを見届けた伊也は屋根に目を転じた。

月明かりに小柄な小助の姿が浮かんだ。

弓につがえた矢の先に炎が立った。火矢をつがえて放とうとしている小助に向け、伊也は再び弓を引き絞って矢を射かけた。

ひょお
屋根に向かって一筋に飛んだ矢は、小柄な小助の体をとらえた。太腿《ふともも》に矢が突き刺さった小助は、叫び声をあげて庭に転げ落ちた。

その様を見定めた伊也は、

「新納様——」

と部屋へ呼びかけた。

左近は燃える障子を刀で薙《な》ぎ、庭へ叩《たた》き落とした。続けて畳に突き刺さった火矢から燃え移った火を羽織で消そうとするが、炎の勢いは衰えそうにない。

「伊也殿、水だ。吉助を呼んでくれ」

左近は叫んだ。伊也は縁側を走り、

「吉助、火が出ました。急ぎ水をかけるのです」

と声をあげた。さらに、吉江の部屋に向かって叫んだ。

「母上、初音が手負いました。手当てをお願いいたします」

あわただしく出てきた吉助は、声をあげて女中を呼び寄せながら庭の池から桶《おけ》で水を汲《く》み、燃え広がる炎にかけた。

伊也の声を聞きつけた吉江は青ざめて初音のそばへ急いだ。

初音に駆け寄りながら、伊也は、庭先で倒れていた大八と千三郎、小助が蠢《うごめ》き出て裏門へ向かうのを目にしたが、そのまま見逃した。

何よりもまず炎を消して、初音の手当てをするのが大事だと思った。

吉助たちの懸命な消火にも拘《かか》わらず、左近の部屋の火はなかなか消えず、また吉江とふたりで手当てを尽くす初音の傷が案じられて、伊也は胸がふさがる思いがした。

十四

三人の弓士に襲撃されて炎を上げた屋敷の火は、吉助がふたりの女中にも手伝わせて奮闘し、どうにか消し止めることができた。左近の部屋を焼いただけで済んだのは幸いだった。

初音は治療を続けているものの、駆けつけた医師の診立てでは伊也が案じたほど傷は深くないという。しかし、夜中に火を出したうえに矢を射かけ合った騒ぎは近隣の武家屋敷にも知れ渡り、翌朝、目付方が駆けつけた。

屋敷に入った目付方は左近の部屋の焼けた様子を隈《くま》なく調べ、屋敷内に散乱し、座敷牢の格子に突き立った矢を検分した。

その上で、伊也が牢を出ていることを糾問した。伊也は、河東大八と猪飼千三郎、武藤小助の三人が突然、屋敷を襲ってきたため、やむなく牢を出て身を守ったと申し開きをした。

目付方は伊也に再び牢に入るよう命じたうえで、大八らの尋問を行った。三人はそれぞれ伊也の矢を受けて負った傷を隠せず、言い逃れできずに、

「流派の面目《めんぼく》による争いでございます」

と口裏を合わせた。

将左衛門が八十郎に大和流の夜討ちと〈影矢〉の秘技について問うたことを無礼千万と憤り、武門の意地で夜討ちをかけたのだと言い張った。

ひと通り双方の言い分を聞き終えた目付方は、騒動を起こしたことへの沙汰《さた》は将左衛門が帰国した後に言い渡されるだろうと告げた。

城中の黒書院で兵部から一切の報告を聞いた藩主晴家は苦い顔になった。

「その方、新納左近めを闇に葬り去るつもりでおったのであろうが、とんだしくじりであったな」

厳しい声をかけられた兵部は平身低頭した。傍らで靫負がうつむいている。

「まことに面目しだいもございません。まさか、座敷牢におる娘が三人を手負わせて退けるとは思いも寄りませず」

「刺客となった三名は、よほどの未熟者ぞろいであったな」

「さようにございます。磯貝門下の四天王であるとの言葉を信じたそれがしの手抜かりでございました」

兵部が口惜しげに言うと、晴家はため息をついた。

「この一件、いかがいたすつもりじゃ。仮にも家中《かちゅう》の者が重臣の屋敷に討ち入ったとあらば、処分をいたさぬわけにはいかぬ。しかし、そうなると新納左近のことが知れ渡って面倒なことになろう」

「御意《ぎょい》にござります。されば、此度《こたび》のことは、武道の争いであったとして収めようと存じおりますが」

兵部が膝を乗り出して言うのに、

「武道争いだと？」

晴家は顔をしかめた。傍らの靫負も大きくうなずいて、考え抜いた方策を勢い込んで話し始めた。

「将左衛門は磯貝八十郎に大和流の夜討ちについて問い質《ただ》したそうでございます。ほかの流派の秘技を問うなど非礼でございますゆえ、憤った弓士どもが有川屋敷に夜討ちの技を示しに参ったのでございます」

「ほう、ならば将左衛門にも非があるということか」

靫負の策に晴家は興味を抱いた。兵部もほっと安堵《あんど》した表情になる。

「されば、すべては技を見せるためで家人を殺傷する意図はなかったものと見做《みな》されますれば、乱暴の咎《とが》めがございましても重く罰するにはあたらぬと存じます」

「しかし、姑息《こそく》な言い訳では、将左衛門を得心させることはできまい」

首をかしげて晴家が言うと、靫負はすがるように言葉を重ねた。

「いえ、何としてもさせねばなりませぬ。そのためにはまず、弓士どもが使った暗闇にてひとを殺《あや》める〈影矢〉なる技は、なかったことにいたします」

「何故《なにゆえ》じゃ」

「〈影矢〉なる技を用いたとなれば、新納左近を殺めんとして有川屋敷に押し込んだことが明らかになりましょう」

靫負は得意げに言い切った。

「ふむ、しかし、弓士どもの師である磯貝が、秘技がなかったなどと認めるとは思えぬが」

「さて、そこでございます」

靫負の話を引き取って兵部は声をひそめた。

「磯貝は門人三人が女子ひとりに退けられ、大和流の面目を失したと嘆いております。それゆえ、〈影矢〉の技はないと磯貝が認めるのであれば、流派の面目をかけて将左衛門と立ち合うことを許してはいかがかと存じます」

「なに、磯貝を立ち合わせると申すのか」

「御意、彼《か》の者ならば将左衛門の息の根を止めることができましょう。さすれば、有川屋敷にいる新納左近は江戸から流れてきた浪人者に過ぎぬとあいなり、いかようにでもできましょう」

軽くうなずいた晴家はしばらく考えた後、

とつぶやいた。

「一石二鳥じゃな」

急遽《きゅうきょ》帰国を命じられた将左衛門が江戸から戻ってきたのは、七月に入ってからのことだった。

強い日差しが照りつけて地面からゆらゆらと暑気が立ち昇り、屋根瓦《やねがわら》も焼けつくような熱を持っている。

屋敷に戻った将左衛門は、まず中庭や牢《ろう》格子に残る矢の傷跡をたしかめた後、座敷牢の前に座り、淡々とした表情で伊也に言った。

「どうやら、しのぐことだけはできたようだな」

伊也はわずかに胸をそらせ、にこりとした。

「大和流の四天王と言われる三人を手負わせましたこと、お褒めをいただいてもよろしいかと存じまする」

将左衛門は聞くなり、厳しい顔をして叱りつけた。

「増長するではない。怪我など負わせず、威によって退けてこそ武道である。まして火矢を射かけられ、初音にまで怪我を負わせてしもうたのだ、とても手柄とは言えぬであろう」

初音の怪我に言い及ばれた伊也はうなだれた。意気軒昂《けんこう》たる様子が消えて、沈んだ声になって、

「初音のことは、まことにわたくしの失態にございました。お許しくださいませ」

と手をついて頭を下げた。

将左衛門は何も答えずに立ち上がり、左近の部屋へ向かった。左近の部屋は障子こそ新しく入れられてはいるものの、壁や天井などは黒く焦げたままだった。

天井を見回しつつ、苦笑して座った将左衛門は、

「江戸からただいま戻ってござる」

と左近に挨拶《あいさつ》した。左近が落ち着いた面持ちで、

「伊也殿と初音殿にわたしは命を救われました。ありがたく存じます」

と頭を下げると、将左衛門は首をかしげた。

「伊也はともかく、初音も新納殿のお命を助けたとはいかなることでございますか」

将左衛門は、初音が怪我を負ったとだけ聞いていて、座敷牢の錠を開けた際に矢を射られたことをまだ知らなかった。

「初音殿は、矢を射かけられながらも座敷牢の鍵《かぎ》を開け、伊也殿が外に出て戦えるよう尽力いたしたのです。初音殿の働きがなければ、火も広がり、わたしはいまごろ焼け落ちた屋敷の下で灰になっておりましょう」

「さようか。それで手負ったのですな」

将左衛門は感慨深げに口にした。

「さすがに姉妹です。伊也殿だけでなく、初音殿もなすべきことのために危うきを恐れぬ心をお持ちだ」

左近が感銘を受けた口振りで言うのを聞き流して、将左衛門は口を開いた。

「されど、伊也が大和流の三人を退けたからには、磯貝八十郎殿は流派の面目にかけて黙ってはおりますまい。いずれ何かを仕掛けて参るに相違ござらぬ」

「いかにもさように存じます」

「これは日置流雪荷派と大和流の争いになるやもしれませぬ」

庭木に留まった蟬の鳴き声が部屋の中に響き渡った。


そのころ、八十郎は清四郎の屋敷を訪れていた。

部屋で清四郎と向かい合った八十郎は、

「有川様が帰国されたそうだ。ほどなく、有川屋敷をわが門人三人が襲った一件の裁きが行われるであろう」

と告げた。清四郎は何事か言いたげな眼差《まなざ》しで八十郎を見つめたが、言葉を発しなかった。八十郎はゆるりと話を続けた。

「そこで、八渡辺様よりお申し越しがあり、此度の騒動は大和流と日置流雪荷派の武道争いとして収めるとの仰せじゃ」

「武道争いとされるのでございますか」

「そうだ。有川様が大和流の夜討ちについて問うたゆえ、それを見せたまでということだな。行き過ぎた行いではあるが、武道の争いであれば深くは咎め立てせず、双方の罪を軽くするとのことだ」

「されど、まことは有川屋敷に逗留《とうりゅう》する新納左近殿を狙っての夜討ちでございますぞ」

清四郎が言い募ると、八十郎はきっと睨《にら》み据えた。

「それはわしの与《あず》り知らぬことだ。それよりも三人が伊也殿に退けられ、手負うたはわが一門の面目を丸つぶれとした」

「それは——」

「この決着をつけねばならぬが、そのためにはまず騒動を収めるしかないゆえ、〈影矢〉の秘技などはないことにしろ、と渡辺様は仰せられた」

「なんですと」

眉根《まゆね》を曇らせる清四郎に構わず、八十郎は渋い顔をして言葉を続ける。

「〈影矢〉はひそかにひとを射殺す技ゆえ、さようなものを三人の門人が使ったとあっては、もはや武道争いとは言い難くなる。そもそも、〈影矢〉なる技はなかったと認めよ、と言われるのだ」

「先生はさような理不尽をお受けになられたのですか」

清四郎は膝《ひざ》を乗り出して問い詰めた。八十郎は無表情に答える。

「わしは有川様と弓にて立ち合い、流派の面目を保ちたいと願い出た。渡辺様は〈影矢〉がないということにするのであれば、立ち合いを許すと言われた。武門の意地を貫くためにはやむを得ぬのだ」

「そのようなことになるとは……」

清四郎は口惜しげに膝を叩いた。

「そなたは納得がいかぬであろうが、これは師であるわしが決めたことだ。従えぬなら生涯、大和流に戻ることはかなわぬ。さよう覚悟いたせ」

八十郎は決めつけるように言い捨てて、辞去していった。

部屋に残された清四郎は、呆然《ぼうぜん》として中庭を見つめるばかりだった。汗ばんだ背がうすら寒く感じるほどの憤りを覚えていた。


「〈影矢〉という技はないと言われまするか」

城内の御用部屋で靫負と向かい合った将左衛門は首をひねった。

「そうだ。そこもとの娘は、三人の大和流門人が〈影矢〉なる秘技を用いて襲ってきたと申し立てておったが、磯貝八十郎に質《ただ》したところ、さような技はないとの返答であったぞ」

「ほう、磯貝殿がさように申されましたか」

将左衛門はにやりと笑った。靫負は将左衛門の笑いに気づかぬ振りをして、

「磯貝は此度《こたび》の騒動は流派の争いゆえ、武門の意地により、そこもととの立ち合いを望んでおる。どうじゃ受けるか」

と試すような目つきをした。

「さて、それはいかがなものでござろう」

将左衛門が笑いを収めて考え込むのに、靫負はなおも執拗《しつよう》に言葉を重ねた。

「武道の意地を果たしたいとの磯貝の申し出をむげにするわけにはいかぬと、殿は思《おぼ》し召しておられる」

「さようでござるか。殿のお耳にも達しておりましたか」

靫負の顔を将左衛門はちらりと見た。

「大和流と日置流雪荷派のいずれが優れておるか問いたいとの思し召しであろうと存ずる」

駄目押しするかのように靫負は将左衛門の目をねっとりと見据えた。将左衛門は大

きく首を縦に振って見せた。

「さてさて、武門とは難しきものでございまするな」

将左衛門はつぶやくように言ったが、八十郎と立ち合うとは、ついに最後まで口にしなかった。

靫負の額にじわりと汗が浮いた。


同じころ初音が傷の手当てを受けて臥《ふ》している部屋の縁側に、左近がやってきて障子越しに声をかけた。

「初音殿、話をさせていただいてよろしゅうござるか」

左近は縁側に座り、静かに返答を待った。初音ははっとして床からそろりと起き上がり、

「申し訳ございませぬ、このままにてもよろしゅうございましょうか」

と恥じらいを含んだ声で答えた。

外の明るさに馴染《なじ》んだ目で見れば薄暗く感じる部屋の中で、可憐《かれん》に咲く白い花のような初音の顔が、わずかに開けられた障子の間からほのかに見えた。

「無論のこと、女人の部屋に入る不躾《ぶしつけ》はいたさぬ」

「ありがたく存じます」

初音のほっとした答えを聞いた左近は中庭に目を転じた。厳しい日差しが庭の隅々まで照らして、地面に庭木の濃い影を落としている。

先だっての雨の日に、ひそかに左近に会いに来た清四郎は、濡《ぬ》れそぼちながら庭に佇《たたず》み、伊也と目を見交わした。何も語らなかったふたりだが、想いを通わせ合っている、と左近の目には見て取れた。

(しかし、それはかなわぬ想いだ)

そう思うとともに、清四郎の許嫁《いいなずけ》である初音の胸のうちが気にかかった。

初音は、伊也と清四郎の胸のうちを察しているのではないだろうか。

わかっていながら、それを表に出さず、懸命に平静を装っているように思える。それだけに、傷を負った初音が哀れだと左近は感じていた。

「此度は伊也殿と初音殿に命を助けられました。その礼をまだ申し上げていなかった」

左近が物静かに言うと、初音は微笑を浮かべ、障子をはさんで答えた。

「お助けいたしましたのは姉でございます。わたくしは何もいたしておりませぬ」

「傷を負いつつ、座敷牢《ろう》の錠を開け、伊也殿が戦えるように初音殿は懸命に尽くされた」

左近の言葉に初音は頭《かぶり》を振った。

「姉から疾《と》うに錠を開けるよう言われておりましたのに、わたくしには勇気がなく、不覚をとってしまいました」

「いや、矢を射かけられながらも錠を開けたのは立派な勇気だと思います」

さようなことはありませぬ、とつぶやいて初音はうつむいた。左近は温かみのある声で話を継いだ。

「それにしても、あなた方姉妹は、ひたむきで清々《すがすが》しきところがよく似ておられる。なんとのう春に芽吹く草木のような」

「姉は早蕨《さわらび》が好きだと日頃からよく申しております」

「ほう、早蕨でござるか」

はい、と答えた初音は、伊也が好む和歌を口にした。

　石《いわ》ばしる垂水《たるみ》の上のさわらびの萌《も》え出《い》づる春になりにけるかも
初音が詠ずる和歌に耳を傾けた左近は、しばし目を閉じてから口を開いた。

「紫式部《むらさきしきぶ》の『源氏物語』のうち、宇治十帖《うじじゆうじよう》に〈早蕨〉という巻があるのをご存じでしょうか」

「いえ、存じませぬ」

初音が恥じ入るように小さい声で答えると、左近は宇治十帖について語り始めた。

宇治の山荘に大君《おおいぎみ》と中君《なかのきみ》という姉妹の姫君がひっそりと暮らしていた。姉の大君は思慮深く気高い心根をした姫で、中君も姉を慕うやさしい姫だった。

ふたりのもとを光源氏《ひかるげんじ》の息子である薫《かおる》が訪れて、大君に思いを寄せる。しかし大君は、男の甘い言葉に誘われて、この山荘を出て落ちぶれたりするぐらいなら山荘でひっそりと生涯を終えなさい、との父の遺訓を守ろうとしていた。

大君は薫を慕わしく思いながらも、妹の中君と薫が結ばれるのを願った。

大君は薫に求められても凛然《りんぜん》として拒む。ところが薫は大君の願いに反して親友の匂宮《におうみや》を中君に手引きして、ふたりの仲を取り持ってしまう。

失意の底に沈む大君は、匂宮がなかなか宇治を訪れず、中君のもとへ通ってこないことを憂い、嘆くあまり病に倒れてこの世を去る。

薫への想いがあったにも拘《かか》わらず、現世で結ばれることを望まなかった大君の、かたくなとも言える恋の物語だった。

〈早蕨〉の巻の名は、中君が詠んだ、
この春はたれにか見せむなき人のかたみにつめる峰のさわらび

にちなんでいる。

「姫君たちの父宮はすでに亡くなられています。父宮の形見と思って峰の早蕨を摘み、毎年、姉に見せていたのに、姉が亡くなってもういない今年は誰に見せればいいのだろう、という和歌です」

左近のさりげない語りに初音はため息をついた。

「悲しいお話でございますね」

「さようです。想いは伝わるようでいて、伝わりません。ひとの想いとは、なかなか悲しくせつないものです」

微笑を浮かべた左近は、障子の向こうの初音の気配をうかがいつつ、

「しかし、姉妹がたがいを思う心持ちを、わたしは美しいものだと思うのです。薫という男がふたりの間に割って入ろうが、姉妹のたがいを思う気持が変わることはありません。悲しくも美しい、それが早蕨の和歌にまつわる物語なのかもしれません」

と言った。初音ははっとして障子に映る左近の影に目を向けた。

左近が清四郎と伊也の間柄を『源氏物語』に託して話していると察した初音は、うつむいて畳の目をじっと見つめた。

清四郎の想いは伊也にあり、伊也もまた同じだと思える。しかし、伊也が妹の許嫁と不義を働くなど考えられない。

仮にたがいの想いを知ることがあるにしても、伊也は清四郎と結ばれたいと望みはしないだろう。

大君が薫を拒み通したように、伊也も心は別にして、清四郎を拒むに違いない。そんなおり、自分はどうしたらいいのだろう、と初音は思い惑う心持ちになった。

黙って成り行きを見守るしか自分にできることはないような気がして、胸を締め付けられる思いがした。

左近が詠じた早蕨の和歌の、この春はたれにか見せむ、という句が、姉にも告げられずに悩む、自らの思いのようにも感じられる。

「新納様、わたくしは――」

初音は声を詰まらせて続く言葉を呑《の》んだ。それ以上言うわけにはいかない。左近は初音が発した言葉が耳に入らなかった風に、

「伊也殿が大君のごとき思いをなさらねばよいが」

と独り言を言った。

初音は、左近の言葉に哀しみを感じ取って目を伏せた。

十五

三日後――

将左衛門に、屋敷での騒動についての沙汰《さた》が下った。

伊也が座敷牢を出たことは、

――不届キニ付キ叱リ置ク

とされたが、襲撃を受けたための出牢と認められ、さらなる咎《とが》めはなかった。

大八ら三人が有川屋敷を襲ったことについては、伊也が届け出た〈影矢〉という技などはなく、あくまで武道争いのうえで起きたこととして、これも咎めなしとなった。

御用部屋で靫負から言い渡された将左衛門は、むっつりとして、

「それでは、わが娘の申し立てたことはまったくお取り上げにならなかったということでございますか」

と訊《き》いた。靫負は空とぼけた顔で、

「影の中から射る〈影矢〉とはいかにも空言《そらごと》めいておるではないか。娘御はなんぞ勘違いしたのであろう」

と言い放った。

将左衛門が憮然《ぶぜん》とすると、靫負はさらに、

「武道争いに押しかけられて、気が動転したのではないか。それにしても、さように仰天してよくも三人に手傷を負わせることができたものだ。よほどに運のよい生まれ付きと見えるな」

と嘲《あざけ》るように言った。

将左衛門は押し黙って答えない。靫負は調子づいた物言いで加えた。

「さらに、今後に禍根を残さぬよう将左衛門と八十郎の間で武道争いの決着をつけるべし、との殿の仰せである」

「まことにござりまするか」

眉根《まゆね》を寄せてまじまじと見つめる将左衛門に、裁断を下す口調で靫負は、

「ふたつの流派が争いを引きずるようなことがあってはわが藩の恥ともなろうゆえ、遺恨の根を断つようにするべし、との上意である」

と言い切った。もはやこれまでと観念した将左衛門はゆっくりと口を開いた。

「されど、立ち合いのいたし方は磯貝殿と申し合わせて決めたく存じますが、それはお認めくださいましょうか」

「それはもっともなことだ。お許しが出るであろう」

靫負はどこか思惑ありげなしたり顔でうなずいた。

将左衛門は屋敷に戻る前に清四郎を訪ねた。大和流との争いが激しくなれば、清四郎の立場が苦しくなるとの配慮からだった。

客間で清四郎と向かい合った将左衛門は、屋敷を襲われた件に下った沙汰について話した。聞くにつれ清四郎の顔色が変わっていった。

「やはり有川様と磯貝先生が立ち合われるのでございますか」

「どのような立ち合いをいたすかは、まだわからぬ。しかし、立ち合いそのものは避けられぬ」

将左衛門はさりげなく言った。

「この裏には渡辺様と三浦様の思惑があると存じます。磯貝先生に有川様を殺《あや》めさせるおつもりですぞ」

「であろうな」

「それをご承知で立ち合われますか」

清四郎は真剣な眼差《まなざ》しを将左衛門に向けた。

「殿の思《おぼ》し召しでもあるのだ。やむを得ぬ。それより、わしが本日、謹慎中のそこもとを訪ねたのは、くれぐれも短慮をいたさぬよう言い置くためだ」

ははっと清四郎は頭を下げたが、表情には納得していない心のうちが見て取れた。

「そこもとはわが娘初音の婿となる身だ。軽々しき振舞いをされては、初音が不憫《ふびん》なことにもなろう」

将左衛門に嚙《か》んで含めるように言い添えられた清四郎は、

「お心遣い、痛み入ります。自重いたしましょう」

と答えたが、眉宇《びう》には意を固めた気配を漂わせている。

清四郎の素振りから、

(何事かなすつもりではないか)

と将左衛門は懸念を覚えたが、それ以上は言うのも憚《はばか》られて口をつぐんだ。


屋敷に戻った将左衛門は、左近にも声をかけて座敷牢《ろう》の前に居合わせてもらい、先ほど靭負から告げられた沙汰を伊也に話した。伊也が驚いて、

「それでは父上が磯貝先生と立ち合われるのですか」

と声を高くすると、左近も言葉を添えた。

「それはあまりに無理難題というものですな」

将左衛門は苦笑した。

「おそらく殿の思し召しを受けて兵部が細工したことでござろう。刺客を放ったことをもみ消すと同時に、それがしを戦いの場へ引きずり出そうという魂胆であろう」

伊也が格子にいざり寄って訊いた。

「父上はいかがなされるおつもりでございましょうか」

「さてな、どのような立ち合いにいたすのかは決めかねておる。まともに弓矢で立ち合えば、おそらく相討ちであろうゆえ」

左近は目を光らせて将左衛門をうかがい見た。

「磯貝殿はさほどの腕前でございますか」

「若年のころより、どれほどの技量かは存じており申す。それがしと互角と申したいが、城勤めが永年続いて、ろくに稽古《けいこ》ができておらぬそれがしの方が、やや不利かもしれませぬな」

「父上、さようなことはございませぬ。この座敷牢から矢を射られたお腕前は、いささかも昔と変わらぬと存じました」

頭《かぶり》を振って伊也は言った。

「それは磯貝殿も同じだ。もしも磯貝殿がこの屋敷を襲っておれば、そなたの命は無かったであろう」

厳しい顔つきで言い切った将左衛門は、話を打ち切るように、

「ともあれ、ふたりがまともに矢を射かけ合うなど愚の骨頂でござる。何か工夫をいたさねばなりませぬな。那須与一の如く、女人が掲げる扇を射貫《いぬ》いて競うのも一興でござろうか」

と言った。伊也が不敵な面持ちで口をはさんだ。

「そのおりには、わたくしが扇を掲げて立ちましょう」

「それも面白かろう」

将左衛門は大笑いした。


この日の夜、八十郎は兵部の屋敷に呼び出された。

八十郎が客間に案内されると、着流し姿の兵部が靫負と酒を酌み交わしていた。手をつかえ、頭を下げる八十郎に、

「窮屈な挨拶《あいさつ》はいらぬぞ。今夜来てもろうたのは、大和流と日置流雪荷派の立ち合いの件についてだ。三浦殿とともにそなたにたしかめておきたいことがあってな」

すでに酒が入っているらしく、赤らんだ顔をしていきなり話を切り出した。八十郎は顔をあげると黙ったまま、兵部をじっと見た。

靫負は薄い笑いを浮かべている。

酒臭い息を吐いて兵部は脇息《きょうそく》に手を置いた。

「きょう、三浦殿が将左衛門に騒動の後始末について沙汰《さた》を下された。〈影矢〉の件は、そのようなものはないと突っぱねられたゆえ、将左衛門も返す言葉がなかったようだ」

「さようでござるか」

顔を曇らせて八十郎が答えると、傍らの靫負はにやりと笑って言った。

「そなたとの流派対決も承知させたぞ。しかし、どのようなやり方をするかは自分たちで決めさせて欲しい、と言い張って曲げなんだ。やむなく許しはしたが、なに、そなたが直に立ち合いたいと言えばそれまでのことだ」

「とは申しましても、有川様の申し条に理がござれば、それがしも横車を押すわけには参りませんぞ」

八十郎は苦い顔をして釘《くぎ》を刺した。

「なんだと、直に立ち合わぬというのか」

兵部が不満そうに口をゆがめると、八十郎は頭を振った。

「いえ、それがしの門弟三人はすでに手負っております。その決着をつけるのに的を狙っての腕比べをいたしてもしかたがございません。直の立ち合いを望んでおりますが、有川様はなかなかにしぶといお方です。死ぬとわかっている立ち合いに容易《たやす》く臨みはなさいますまい」

「ほう、立ち合えば将左衛門を射殺す自信があると申すのだな」

喜色を浮かべて身を乗り出す靫負を八十郎はひややかに見つめた。

「ただし、そのおりにはそれがしも絶命いたしましょう。有川様がそれがしを射損じることはまずないと存じます」

「なんと、相討ちになるとな」

兵部と靫負は息を呑《の》んだ。

「必ずや――」

八十郎は顔色も変えずに言い放った。思いがけない話を聞いたという風な顔をして、靫負は舌なめずりした。

「それでは、死ぬとわかっている立ち合いをそなたはするつもりでおるのだな」

「武門の意地でございますれば」

「ふむ、そんなものか、と言いつつ兵部は立ち上がって縁側に足を向けた。酒に酔って、夜風にあたりたくなったらしい。

障子を開けて縁側に出た兵部は、背を向けたまま、

「武道とはさほどまでに厳しきものか」

と感心した口振りで言った。靫負は手酌で酒を注いだ杯を口に運んだ。

「弓矢をとる身でありますゆえ、当然至極のことと存じます」

「そうかもしれぬが、いささか息苦しいようにも思えるな」

「さて、それは――」

八十郎が返事に困っていると、兵部は夜空を見上げて、

「今宵《こよい》は満月ぞ。なかなかに風流じゃ。磯貝殿もご覧になられい」

誘うかのような声をあげた。八十郎は縁側に目を向けて、

「まことにさようでございます」

と言いつつ、月光にさらされる兵部の姿に眉《まゆ》をひそめた。ついと立ち上がり、足音も立てずに兵部の傍らに寄った。

靫負は酒に酔ってとろんとした目を兵部の背中に向けるばかりだ。兵部は八十郎が月を見に出てきたと思ったのか、夜空を指差して、

――見よ、見よ
と無邪気な口振りで言う。しかし、八十郎は庭に目を遣《や》ったまま夜空を見上げることはなかった。庭木や石灯籠《いしどうろう》、庭石が月明かりで夜目にもはっきりと見えて、それぞれの濃い影が地面に落ちている。

八十郎は庭を睨《ね》めまわした。その様子を訝《いぶか》しげに見た兵部が、

「いかがいたしたのじゃ」

と声をかけた瞬間、庭木の黒々とした影から浮き出た一本の矢が兵部を目がけて飛んできた。八十郎は兵部を突き飛ばすなり、脇差の柄《つか》に手をかけ、

――かっ
抜く手も見せずに矢を斬り払った。兵部は、

「うわっ」

と悲鳴をあげて縁側に尻餅《しりもち》をついた。

斬り払われた鏃《やじり》が部屋の中へ飛んで靫負の手にした杯を弾《はじ》き飛ばした。声にならぬうめきをあげて靫負はあおむけにのけぞった。

八十郎が庭を見遣れば、頭巾《ずきん》をかぶり弓を手にした男がするすると築地塀《ついじべい》を上っている。

男は八十郎に向かって会釈すると飛び降りて姿を消した。縁側に尻餅をついたままで、兵部が、

「なんじゃ、いまのは」

とわめいた。八十郎は脇差を鞘《さや》に納めてから、

「〈影矢〉でござる」

と静かに答えた。

「〈影矢〉だと。ではそなたの門弟の仕業か」

「さよう。これほど見事な〈影矢〉を射ることができるのは、樋口清四郎ただひとりでござろう」

八十郎は苦々しげに顔をしかめた。靫負がようやく立ち上がって腹立ちまぎれに言い募った。

「樋口め、蟄居《ちっきょ》の身でありながら、抜け抜けと渡辺様を狙いおったとは、許せぬ」

「まことに狙うつもりでありましたなら、それがしがいないおりを狙いましょう。いまのは脅しに過ぎませぬ」

「なんのためにさようなことをするのだ。たとえ脅しであろうとも、渡辺様に矢を射かけた罪は許されぬぞ」

ひとしきり息巻いて、靫負は頭巾の武士が越えていった築地塀を睨《にら》んだ。

「されど、あるはずのない〈影矢〉にて狙われたなどと公《おおやけ》にするわけには参らぬと存じます」

八十郎に言われて、靫負は息を呑んだ。

「そういうことか」

「さようです。樋口は〈影矢〉の技がないとされたことに憤ったのでございましょう。それゆえ、ないはずの〈影矢〉で射られたと咎《とが》めてみよ、と申したいのでござろう」

「おのれ、わしを嘲弄《ちょうろう》いたすか」

顔を真っ赤にして歯嚙《はが》みする靫負の傍らで八十郎はゆっくりと月を見上げた。

「樋口が嘲《あざけ》ったのは、ご家老の言うなりになり、わが秘技をなかったことにいたしたそれがしの卑怯《ひきょう》でございましょう」

兵部がゆっくりと口を開いた。

「なにを申す。すべては御家のためになしておることではないか」

「御家のためとあれば、武道の誇りを捨てるのかと樋口は申したいのでありましょう。それに、大和流と日置流雪荷派との対決について、それがしに釘を刺しておこうという腹づもりもあったかと思われます」

「どういうことだ」

兵部は眉根を寄せた。

「有川様との対決は大和流弓術の名に恥じぬよう、堂々と行えと申しておるのです。ご家老の指図に従い、卑劣な手を使うならば、いつでもご家老に〈影矢〉を放つとの脅しでもあるのでしょう」

小癪《こしやく》な、と兵部はつぶやいた。

八十郎は黙って月を眺めていたが、われ知らず満足げな笑みを口もとに浮かべていた。

十六

清四郎は裏門から屋敷に入った。

足音を忍ばせ、家人に気づかれぬよう居室に戻り、頭巾を脱いだ。燭台《しょくだい》に火を点《とも》して端坐《たんざ》した清四郎は、おのれが為《な》したことを顧みた。

蟄居の身でありながら次席家老の渡辺兵部に〈影矢〉を射かけるとは粗暴に過ぎる振舞いだとわかっている。しかし、悔いる気持はなかった。

兵部は藩主晴家の意を受けて策謀をめぐらし、動いたものと思われるが、それにしても有川屋敷を三人の弓士に襲わせる悪辣《あくらつ》さに腹を立てていた。

八十郎の前で〈影矢〉を兵部に射かけて脅そうと思い立ったのは、将左衛門との立ち合いで不埒《ふらち》なことをしようとするなら、許さぬということを知らしめるためだった。

これ以上、有川家に兵部の策謀が及ぶならば、身命を賭《と》して戦おうと清四郎は意を決していた。その際には命を縮めるつもりで兵部に〈影矢〉を放ち、師の八十郎にも容赦しない、と腹をくくっていた。

それもこれも伊也を守りたい一心から出た考えだった。清四郎は伊也への思いが募っていくことに、心穏やかでいられなくなっている。

許嫁《いいなずけ》である初音の姉に思いを寄せるのは、人倫にはずれており、許されないことだと何度も自分に言い聞かせはした。しかし、胸のうちに伊也の面影が日を追うにつれ刻まれていくのを止めることはできなくなっている。

もはや、心から伊也が消えることはない、と思い知った清四郎は、伊也のために命を投げ出そうとしている自らの本意を感じ取っていた。

兵部に〈影矢〉を射かけたのも、あるいはそんな心持ちからだったかもしれない。

――伊也殿
たまらず清四郎は心のうちで叫んだ。

弓矢での立ち合いを望まれ、弓を構えて伊也と向かい合ったおりに清四郎の胸に湧いたのは、抑えようもない愛《いと》おしさだった。

（思えば、あの立ち合いこそが伊也殿との一度限りの逢瀬《おうせ》だったのかもしれない）

清四郎は目を閉じて思いをめぐらし続けた。

夜はしだいに更けていく。


翌朝――

登城の支度をしている将左衛門に、左近は廊下に膝《ひざ》をついて声をかけた。

「ご出仕前に申し訳ありません。お話しいたしたいことがございますが、よろしゅうございますか」

「ほう、何事でござろうか」

左近の方から話があるとは珍しいと思った将左衛門は、着替えの介添えをしていた吉江を目でうながした。心得た吉江が出ていくのを待って左近は部屋に入り、裃《かみしも》姿の将左衛門と向かい合って座った。

「さて、お話しくだされ」

将左衛門が興味深げに見つめると、すぐさま左近は口を開いた。

「まずおうかがいしたいのは、晴家公の弓術指南はどなたでございましょうか」

「無論、磯貝八十郎殿でござる」

「ならば、藩公の弓は大和流ということになりますな」

「さようですが、それが何か――」

訝《いぶか》しげに問う将左衛門に、左近は落ち着いた表情で応じた。

「されば、当家に寄宿しておりますわたしは、日頃、伊也殿から弓術の心得などをうかごうておりますから、いわば門人も同然であると申せますな」

「新納殿、何が言いたいのでござるか」

将左衛門はさすがに左近の意図を察して狼狽《うろた》えた口調になった。

「大和流と日置流雪荷派が流派の面目《めんぼく》をかけて立ち合うとのことでござったが、なにも磯貝殿と将左衛門殿が戦うこともございますまい。それがしが日置流雪荷派の門人として大和流の晴家公と立ち合ってみるのもよろしいかと思うたのです」

「それはまた、思いもつかぬことを……」

将左衛門は困惑した面持ちになった。

「いや、もともと晴家公や渡辺兵部の狙いはそれがしにあります。将左衛門殿を磯貝殿に討たせるなど回りくどいことはせず、晴家公御自《おんみずか》らそれがしを成敗できるとあれば、喜んでなされるのではありませぬか」

左近は平然として話を続けた。将左衛門は顔をしかめて頭《かぶり》を振った。

「たとえそうだとしても、殿を弓矢の前に立たせることは、家臣としていたしかねまするぞ」

「いや、それがしは弓矢にて立ち合いはいたしませぬ。〈矢留め〉を仕《つかまつ》ろうと存じます。すなわち、三本の矢を晴家公にそれがしを狙って射ていただき、矢を払うことができるかどうかを競うのでござる。されば晴家公に危害が及ぶことはありませぬ」

〈矢留め〉という言葉を聞いて将左衛門はうなった。

「さようか、新納殿は馬庭念流《まにわねんりゅう》を修行いたされたのか。迂闊《うかつ》にもそれは存じあげませんでした」

「お恥ずかしき腕前ではござるが、いささか手ほどきを受けております」

馬庭念流は、新当流《しんとうりゅう》や陰流《かげりゅう》と並ぶ古流派である念阿弥慈恩《ねんあみじおん》を流祖とする念流の一派だった。上州多胡《たこ》郡馬庭村の郷士《ごうし》樋口又七郎定次《さだつぐ》が念流を修行し、その流派を馬庭念流と称した。代々、馬庭村で流儀を伝えたが、近頃、江戸に道場を開き、実戦に即した剣法が評判を高くしていた。この馬庭念流では射かけられた矢を払う〈矢留め〉を秘伝としているという。

将左衛門は左近に〈矢留め〉の術があると聞いて、しばらく考えこんだ。やがておもむろに問うた。

「殿の弓術の腕前をそれがしは存ぜぬ。されど、磯貝殿は主君であることを慮《おもんぱか》って稽古《けいこ》するような御仁ではない。されば、まずはそれなりに射られよう。新納殿は〈矢留め〉に自信がおありか」

うかがうように将左衛門は左近を見つめた。

「されば、伊也殿に矢を射ていただき、それがしの腕前をたしかめられてはいかがでござろうか」

「ほう、伊也は弓矢のことになると手加減を知らぬ娘でございますが、それでもよろしいのか」

将左衛門が案じるように言うと、左近は笑った。

「伊也殿のご気性はよく存じあげております。さればこそ伊也殿に射ていただき、将左衛門殿にご覧いただきたい」

将左衛門の左近を見る目が鋭くなった。しばらくして将左衛門は膝を叩《たた》いて言った。

「お覚悟のほど感じ入り申した。されば伊也に矢を射させましょう」

左近は微笑してうなずいた。

将左衛門は座敷牢《ろう》に左近を伴っていった。伊也に左近が〈矢留め〉を行うから、相手をいたせ、と申し付けた。

「〈矢留め〉でございますか？」

伊也は怪訝《けげん》な顔をした。なぜ、左近がそんなことをしようとするのかわからなかった。将左衛門は晴家と立ち合うためだ、とは告げず、

「試すだけゆえ、通し矢用の矢でよい」

とだけ言った。通し矢で使う矢は鏃《やじり》をつけず先端は〈麦粒《むぎつぶ》〉と呼ばれる丸い形をしている。当たっても刺さるということはない。

左近は黙って将左衛門の言うことを聞いていたが、伊也がうなずくと、縁側から中庭へ下りた。

その時、近頃ようやく床を払った初音が座敷牢の前で将左衛門らが話しているのを目にしてやってきた。

伊也が弓の支度をしているのを見て、思わず、座敷牢に近づき、声をかけた。

「父上、何をされているのでございますか」

「新納殿が〈矢留め〉をされたいそうだ。それゆえ伊也に矢を射させることになった」

初音は驚いて目を丸くした。

「新納様に矢を射かけるなど、危のうございます。おやめください」

なぜ、そんなことをするのか、と初音は将左衛門に言い募った。

「何の、矢は鏃のない〈麦粒〉だ。当たっても怪我をするというほどではない」

将左衛門は平気な顔で嘯《うそぶ》いた。その間にも伊也は手早く、支度をしていく。左近は庭に佇《たたず》み、懐から取り出した小さな守り刀を手にしている。それで矢を払うつもりらしい。

初音は座敷牢の格子に手をかけて、

「姉上、手加減をなさってくださいまし」

とすがるように言った。伊也は弓を構えつつ、初音に顔を向けてにこりと笑った。

「それはできませぬ」

言い終えた瞬間、伊也は矢をつがえ、左近に向かって射た。矢が空気を切り裂いたと思った瞬間、

——かっ

という音が響いた。伊也が、

「不覚——」

と口惜《くや》しげに叫んだ。左近の足許《あしもと》には伊也の放った矢が両断されて落ちていた。

「お見事でござる」

将左衛門はゆったりとした笑みを浮かべた。初音は日頃、物静かに読書にふけって

いる左近が見せた剣技に目を瞠《みは》って、呆然《ぼうぜん》とした。

登城した将左衛門は昼過ぎになって藩校の稽古場《けいこば》を訪れた。左近の申し出について話すと、八十郎は、ほう、と声をあげて、

「それは面白きことでござる」

とつぶやいた。

八十郎は〈矢留め〉に興味を持ったらしく言葉を続けた。

「〈矢留め〉なる技を耳にしたことはありまするが、見るのは初めてでござる」

「それはよかった。磯貝殿はそれがしと立ち合わねば承服できぬと申されるのではないかと思っておりました」

将左衛門が安堵《あんど》したように言うと、八十郎は苦笑した。

「先日までは、たしかにさように思うておりました。なれど、昨夜、清四郎に諌《いさ》められました」

「樋口殿に何と言われましたか」

将左衛門は首をかしげて訊《き》いた。

「いや、言葉ではありませなんだ」

「ほう――」

「昨夜、それがし、渡辺様のお屋敷に参っておりました。すると、庭から渡辺様に向かって矢を射た者がおりました。頭巾《ずきん》をしておりましたゆえ、顔はわかりませなんだが、あの矢はまさしく〈影矢〉でござった。それがしがそばにいて払わねば、渡辺様のお命はなかったでありましょう。もっとも、清四郎はそれがしが払うと承知のうえで射かけたのでしょうが」

「うむ、それはまた――」

清四郎が兵部に矢を射かけたい、と言ったと左近から聞いたことを将左衛門は思い出した。それだけに言葉もなかった。清四郎は伊也に矢を射かけられ、初音が怪我をしたことに憤ったに違いない。

将左衛門はうめくように言った。

「思い切ったことをいたしおって」

初音の夫となるはずの清四郎が、藩の重役に矢を射かけたという事態に、将左衛門は困惑せざるを得なかった。

「いや、清四郎はそれがしを諫めたのでござろう」

「磯貝殿を？　何故《なにゆえ》でござる」

訝《いぶか》しげに訊く将左衛門に、八十郎は苦笑して答えた。

「それがしは、わが門人三人が有川様の娘御に退けられたことを流派の恥辱と思い、立ち合いを所望いたした」

「いかにもさように承った」

「されどわが流派の恥は、退けられたことに非《あら》ずして、門人が渡辺様に使われて刺客をなそうとしたこと、さらには、〈影矢〉はなかったという渡辺様の取り繕いにそれがしが乗ってしまったことでござった。まさに武芸者にあるまじきことで、汗顔のいたりと申すしかありません」

表情を曇らせて八十郎は話した。

「それゆえ樋口殿が諫めたと言われるのですな」

将左衛門はたしかめるように訊いた。

「さよう、武芸家の誇りとは、わが武芸を破邪顕正《はじゃけんしょう》のために振るってこそでござる。まして弓矢は古来、悪《あ》しきを祓《はら》い、この世を守らんがためにこそ、その技を磨いて参ったと存ずる。藩内の争いの走狗《そうく》となり、ましてわが技を虚言をもって葬るなど、もってのほかのことでござった。清四郎はそのことをわしに悟らせてくれました」

八十郎は大きくため息をついた。

「それで、新納殿が〈矢留め〉での立ち合いに臨むことをお認めくださるのか」

「いかにも承知いたします」

八十郎はうなずいたが、さらに将左衛門にうかがうような目を向けた。

「立ち合いのことはよろしゅうござるが、〈矢留め〉は難しき技と聞きおよぶ。新納という方にはさほどの心得がおありか」

「伊也が射かけた矢を見事に払われた」

将左衛門はさりげなく答えた。

「ほう、伊也殿の、それはなかなかに」

と言いかけた八十郎は首をかしげた。

「鏃はつけられましたか」

八十郎の問いに将左衛門はにやりと笑った。

「いや〈麦粒〉でござった」

八十郎は顔をしかめて言葉を継いだ。

「これは釈迦《しゃか》に説法でござるが、鏃がなければ矢の勢いは格段に落ちます。さらに言えば殿の腕前は凡庸とは申せ、それでも矢を払われれば怒りによって弓の勢いが増しましょう。されば、一矢、二矢ははずせても三矢は危のうござるぞ」

「いかにもさようでござろうな」

将左衛門は鷹揚《おうよう》な表情で答えた。

「それを承知で命を賭《か》けられるのか。なぜ、止められませぬ」

八十郎は眉《まゆ》をひそめた。将左衛門の意図が汲《く》み取れなかった。そこまでして左近に晴家と立ち合わせてどうするつもりなのか。

「新納殿はわが藩のために為《な》さねばならぬと思うておられます。もし、新納殿が命を落とされるなら、それがしも腹を切ります」

淡々と将左衛門は覚悟のほどを示した。

「そこまでのお覚悟か」

八十郎は感嘆した目を将左衛門に向けた。将左衛門は揺るぎのない表情で八十郎を見返した。

十七

「なに、余に立ち合いをいたせというのか」

晴家は兵部の言上《ごんじょう》を聞いて目を剥《む》いた。

「さようにございます。ただ、立ち合いと申しましても、殿が射られた矢を新納左近が〈矢留め〉を仕《つかまつ》るのでございますから、いわば〈武芸試し〉かと存じます」

「とは言うても矢を払われればわしの恥辱ではないか」

顔をしかめた晴家が苦々しげに言うと、そばに控えた靫負が膝《ひざ》を乗り出した。

「いや、かの新納左近なる者に〈矢留め〉なる秘技が使えるとは思えませぬ。殿と直《じか》に対面を果たすための苦肉の策ではありますまいか」

したりげな顔で靫負は告げた。

「わしと会うだと。彼奴《きゃっ》はまだわしに話すことがあると申すか」

晴家は、怜悧《れいり》な左近の顔を思い浮かべた。

将左衛門はかねてから晴家にとって異母兄にあたるという左近の仕官を願い出ており、伊也が百射に挑んだ御前試合の日に拝謁を許すと伝えていた。

ところが、その後になって兵部が左近について聞き捨てならないことを告げた。すなわち、左近には亡き父から守り刀が授けられ、藩主に万一のことがあり、後嗣なき際には左近を養子として迎えるべし、との遺言があるというのだ。

兵部は声をひそめて晴家に囁《ささや》いた。

「有川殿はかねてから殿が江戸にて気晴らしをなさることに目くじらを立てております。あるいはこれを機に、殿を押し込め奉り、新納左近を藩主に押し立てんとの陰謀ではございますまいか」

兵部の讒言《ざんげん》を受けて、晴家は左近に警戒心を抱いた。そのように大事なことをこれまで隠してきた重臣たちにも腹が立った。

果たして、拝謁した左近は自らの出自を述べた後で、晴家の江戸での所業に諫言《かんげん》めいたことを言い出した。

これ以上、聞く必要はないと思い座を立ったが、左近の澄ましきったような顔に憎悪を覚えた。

(あの男はわしが藩主にふさわしくないと思っているのだ)

江戸での吉原《よしわら》通いには後ろめたいものを感じているだけに、諫言は痛いところを突かれた思いがして、なおのこと腹が立った。

それだけではなく、兵部の言うように将左衛門は、前藩主の遺言を楯《たて》にとって晴家を隠居させ、左近を藩主の座に据えようと画策しているのではないか、と思えた。

心中に苛《いら》立《だ》ちを覚えていた晴家は御前試合での清四郎の失態を厳しく責めた。さらに、伊也が清四郎との立ち合いをのぞんだあげく、自らの矢をはずした振舞いは許し難いとして、処罰した。

伊也を咎《とが》めることで、将左衛門の罪を問い、左近を藩主とする陰謀を封じるつもりだった。

兵部が左近へ刺客を放ったのも、晴家の意を察して、阿吽《あうん》の呼吸で行ったことだった。ところが案に相違して刺客は伊也に退けられてしまった。

ならば、磯貝八十郎に将左衛門を討たせようと謀ったのだが、事は意外な成り行きとなった。自らが左近と立ち合うということに晴家はためらいを覚えた。何より、毅《き》然《ぜん》とした左近の前に立つことに気後れがするのだ。

晴家が逡巡《しゅんじゅん》していると、靫負は言葉を継いだ。

「仮に新納左近が〈矢留め〉の技を使えたにしても、三矢を払うのは至難の業でございましょう。また、三矢をことごとく払いましたなら、それを無礼として討ちとめてもよろしいのではございますまいか」

晴家はじろりと靫負を睨《にら》んだ。

「家臣たちの前で矢を払われ、さらに討ち取らせたとあっては、わしの面目が立たぬではないか」

愚かなことを申すなと言わんばかりの晴家の語気に、靫負は平伏した。しかし、兵部がさりげなく言い添えた。

「立ち合いは城中の広場ではなく、八幡《はちまん》神社にて、まわりに幔幕《まんまく》をめぐらして行えばいかがでございましょう。腕の立つ者を幔幕の外へ控えさせ、立ち合いの場に控えるのはそれがしと三浦殿、有川殿、さらに磯貝八十郎だけにいたします。もし新納が三本の矢をことごとく払えば、それがしが新納に無礼の振舞いがあったと申し立てます」

「ふむ、ほかに見る者のなきところで、無礼があったと称するのか」

晴家は興味を持った様子で身を乗り出した。

「さようでございます。無論、有川殿がさようなことはないと言うと存じますが、これはお取り上げにならねばすむことでござる。さらになおも有川殿が言い募ればこれも不遜《ふそん》の振舞いとしてお咎めあって然《しか》るべきかと存ずる。さらに、殿は大和流の門弟として立ち合いに臨むのでございますれば、磯貝はいかなることがあっても有川殿と新納に味方することはなかろうと存ずる」

晴家は喜色を浮かべて、膝をぴしゃりと打った。

その脳裏には矢を身に受けて苦悶《くもん》する左近の姿が浮かんでいた。

さらに、矢を射損じたとして、無礼の咎で左近を討ち取れるのだ。そうすれば胸に蟠《わだかま》るしこりを取り去ることができる。

「でかした兵部。よう思案いたした」

晴家に褒められて兵部はうなずいた。これで遂《つい》に、自分の出世に邪魔になっている将左衛門を葬ることができるのだ、と思った。

それと同時に、先夜、自分に〈影矢〉を射かけた樋口清四郎を処罰できないものかと兵部は思案した。

いったんは無いということにした〈影矢〉によって脅されたなどと公《おおやけ》にはできないが、何かにこじつけて報復をしないでは気がすまない。

そのためにはどうすればよいか、考えをめぐらしていた兵部は、ふと、あることを思いついた。

「これならばよい」

と独《ひと》り言《ご》ちたが、晴家が怪訝《けげん》な目で見ているのに気づき、咳払《せきばら》いして誤魔化した。

清四郎を陥れる策は、左近を討ち取り将左衛門を追い詰めた後で行えばよいのだ、と思った。


初音はひさしぶりに清四郎のもとを訪れた。

三人の弓士の襲撃によって怪我を負ったことを清四郎が案じているに違いないと思って、元気な顔を見せておきたかった。それとともに将左衛門から、左近が藩主と立ち合うことの許しが出たと伝えるように、言われていた。

清四郎は初音の顔を見て、気遣わしげに、

「怪我はもはやよろしいのでござるか」

と訊《き》いた。初音は清四郎の心配そうな声を嬉《うれ》しく聞いて答えた。

「まだ、痛みはございますが、お医師様のお手当てがよかったのか、思いのほか治りが早いとのことでございます」

そして、やや恥ずかしげにつけ加えた。

「傷跡もさほどに目立ちはしないだろうと、お医師は申されておいででした」

「それは重畳《ちょうじょう》」

清四郎はにこりとした。初音はうなずいてから、左近が藩主と立ち合うことになった、と話した。

「なに、新納殿が殿と立ち合われると――」

清四郎は意外な話の成り行きに目を剝《む》いた。

「さようでございます。新納様がお殿様の射られる矢を払って、〈矢留め〉をされるとのことでございます」

初音はうかがうように清四郎の顔を見た。

〈矢留め〉の話が出たおり、左近は伊也の矢を払って見せた。その技に初音は驚嘆したが、日がたつにつれて不安が増していた。

あの時、伊也が射たのは〈麦粒〉であり、仮にも藩主の異母兄である左近を傷つける気が伊也にないことは左近もわかっていたはずだ。

その矢を〈矢留め〉できたからといって藩主の矢も払うことができるのだろうか。それ以前に、藩主の矢を払うなどということは、そもそも無礼なのではないだろうか。〈矢留め〉をしたとしても、晴家の怒りを買って身のためにならない気がする。それなのになぜ、左近は無謀な立ち合いに臨もうとするのだろう。

初音は思い余って清四郎に訊いた。

「新納様はなぜ、〈矢留め〉などなさろうとするのでしょうか。お身のためにならないことにしか思えませんが」

清四郎は腕を組んで考え込んだ。

「おそらく、有川様と磯貝先生の立ち合いを止めるというお考えから出たことでしょうが、さらに言えば、殿と直の対面をされてお話しになりたいことが、新納殿にはあるのではないでしょうか」

「ですが、お殿様がお話しなどなされるでしょうか」

初音は眉《まゆ》をひそめた。晴家が左近を疎んじていることは将左衛門の話から察していた。

それだけに、晴家が射た矢を払われた後で冷静に左近の話を聞くとはとても思えなかった。

「さよう、そのあたりをどのようにお考えなのか、それがしにもわかりませんが」

そこまで言って清四郎は、初音の顔をしみじみとした表情で見つめた。

「初音殿はさほどに、新納殿のことが案じられますか」

唐突に言われて、初音はどぎまぎした。訊かれてみれば、自分でもなぜ、これほど左近のことが気にかかるのかわからない。

藩主の血筋であり、将左衛門の要請によって来たひとなのだから、大切にせねばという思いがあったが、それだけではない何かがあるのだろうか。

そう考えたとき、清四郎の許嫁《いいなずけ》の身でありながら、かほどにほかのひとのことを心にかけるのは慎みのないことのように思えた。

「申し訳ございません。殿方の話をいたすなど、はしたのうございました」

初音が詫《わ》びると、清四郎はにこりとして手を振った。

「いや、ひとを案じるのは悪しきことではありますまい。さらに申せば、なぜかように案じられるのかというほどの想いを持つのも、それがしは良きことと存ずる。されど、そのことは自らの在りようとは別でござる。想いを引きずって生きてはならぬ、と心得ており申す」

清四郎は伊也への自らの想いを言っているのだ、と初音は感じた。しかも、その想いを封印して生きようとしている。

伊也への想いを引きずることはない、と清四郎は、何気なく初音に伝えたのだ。それは喜ぶべきことなのかもしれないが、初音の心は弾まなかった。

(清四郎様は哀しげな目をしておられる)

もし、伊也のことを思い切れても、清四郎は哀しい目をして生きていくだけのことではないだろうか。そんな清四郎に添うのが自分にとって幸せなことだろうか。

初音は清四郎から目をそらした。

伊也は座敷牢《ろう》の中で目を閉じ、先日、矢を射かけた時の左近の動きを思い出していた。左近は伊也が矢を放つと同時にわずかに体《たい》を開いて斜めにした。それと同時に矢を両断していた。

あれが馬庭念流の〈矢留め〉なのか、左近自身の工夫なのかはわからないが、一矢はあれで避けられるにしても、二矢、三矢はどうするのだろう、と伊也は思った。

矢を避ける動きは、一度、行えば弓を射る者に覚えられる。正面からの矢は避け難い。射る者は左近の動きを注視しつつ矢を放つに違いない。

もし自分だったら、と伊也は思った。二の矢ははずさないだろう。仮に二の矢をしくじったとしても三の矢では仕留めるに違いない。

ひとのどのような動きよりも矢は速いのだ。

晴家の弓術の腕はさほどではないだろうと察しているが、仮にも大名に対し、あからさまな身の避けようは無礼として咎《とが》められるだろう。だとすると、礼を失しない形で進退しなければならないが、これは難しいことだ。

(新納様が殿の矢を払うのは至難の業だ)

ひょっとすると、左近もそのことをわかっており、身に矢を受けたうえで晴家に何事か伝えようとしているのかもしれない。だが、そのような形で晴家が話を聞くことなどあり得ない気がする。

そこまで考えて伊也は、清四郎が兵部に〈影矢〉を射かけたらしいという話に思いをめぐらせた。

清四郎の放った〈影矢〉はどのようなものだったのだろうと、まず思いが至ったのは、弓術に精進し、上達を願っている身としてはやむを得ないことだった。しかしすぐに、思いは清四郎が〈影矢〉を射た心情へ至った。

（清四郎様はわたくしと初音のために、次席家老の渡辺様に〈影矢〉を射てくださったのではないだろうか）

将左衛門の話では、磯貝八十郎は流派の面目を保ったために射たのだと思っているらしい。しかし、自分に矢を射かけられ、妹が手傷を負ったことへの憤りが清四郎を動かしたのだ、と伊也には思えてならない。

清四郎の剛毅《ごうき》、果断と、何よりも藩の重職であっても矢を射かけることを恐れない剽悍《ひょうかん》さが、伊也には嬉《うれ》しかった。

（さすがに清四郎様――）

身の内が震えるほどの思いが伊也の胸に湧いていた。伊也は胸元を押さえて座敷牢の格子の間から見える庭の緑に目を遣《や》った。

青々とした木々に燃え上がるような命を感じるのは、伊也自身が命の昂《たか》ぶりを覚えているからなのだろうか。

藩主晴家が浪人者と立ち合うという話は藩内に瞬くうちに広がった。新納左近が晴家の異母兄であることを知っているのはまだ一部の者たちだけだ。重臣の中には、

「さようなことをなされては、御家の名に傷がつきましょう」

と言って、中止を求めて言上する者もいた。また、ほかの重臣は、

「〈矢留め〉を行うなどは浪人者が仕官を求めてのあざとい振舞いでござる。相手にされるにはおよびますまい」

と言った後で、浪人者には、なんぞ怪しげな企《たくら》みがあるかと思われますぞ、と付け加えた。そこまで言われて晴家は不安になった。

〈矢留め〉をするという大胆な申し出には何らかの裏があるのではないだろうか、と思えてきた。

（まさかわしを殺《あや》める所存ではあるまいな）

晴家の脳裏に左近が短刀を手に襲いかかってくる様子が浮かんだ。弓矢は離れていてこそ威力を発揮して、相手を射止めることができる。

立ち合うためのわずかな間合いから飛び込んでこられれば、矢をつがえようとしている間に短刀で刺されてしまうだろう。

晴家の胸に不安が湧いてきた。晴家にはまだ嫡子がないだけに、晴家の不慮の死を

隠し、前藩主の血筋であることを理由に左近を末期養子《まつご》として藩主に擁することを考えるかもしれない。

晴家はぞっとした。ただちに靫負を召し出して、

「わしは立ち合わぬぞ」

と言い出した。驚いた靫負は理由を訊《き》いた。

「左近なる者は何を企みおるか知れたものではない。さような立ち合いにうかうかと出られるものか」

晴家は不機嫌な表情でそっぽを向いた。その様子を見て靫負は、晴家が臆病風《おくびょうかぜ》に吹かれたのだ、と察した。

(誰ぞがよけいなことを吹き込んだに違いない。しかし、いまさら取り止めになどできるものか)

靫負は考え込んだあげく、ひとつの提案をした。

「されば、立ち合いの場におる者はわれら四人だけといたしておりましたが、これに鉄砲衆を加えましょう」

「鉄砲衆だと?」

「さよう、三人の鉄砲衆を幔幕《まんまく》の内に控えさせ、あらかじめ火縄をつけ新納左近に狙いを定めさせておきます。胡乱《うろん》の振舞いがあればただちに鉄砲にて射止めます。それ

は殿の思《おぼ》し召しだいでござる」

意味ありげに靫負は言った。場合によってはいつでも左近を射殺できるのだ、という意味を込めていた。

靫負の策をしばらく吟味して考えた晴家はようやくほっとした表情になった。警護という名目で鉄砲衆を幔幕の内に入れ、場合によっては左近を討ち取らせればよいのだ。

「よかろう。さようにいたせ」

晴家の声が落ち着いたのを聞いて、靫負は安堵《あんど》した。

「されば、さっそくに手配りをいたします」

晴家の御座《ござ》の間《ま》から退出した靫負は、鉄砲衆の組頭《くみがしら》井口泰蔵《いぐちたいぞう》と磯貝八十郎を御用部屋に呼び出した。

泰蔵は五十過ぎで、大きく顎《あご》が張った顔を持ち、猪首《いくび》でずんぐりとした体格だった。

ふたりがそろうと靫負は、立ち合い当日、鉄砲衆三人に晴家を警護させると言い渡した。

「かしこまって候」

泰蔵が手をつかえ猪首の頭を下げた。しかし八十郎は頭を下げず、無表情なまま口を開いた。

「しばし、お待ちくだされ。弓矢の立ち合いに鉄砲衆が警護の任につくのはいかなる思し召しでござろうか」

靫負は思いがけない八十郎の問いかけに顔をしかめた。

「なぜ、と言って、新納左近なる浪人と殿が立ち合われるのだ。不慮の事態が起きぬように万全を期するのは当たり前ではないか」

「ならば警護の任は弓衆でもよろしかろうと存ずる」

「なに――」

「殿は大和流弓術をもって立ち合われるのですぞ。その身を守るに鉄砲衆の力を借りたとあってはわれらの面目がございません」

八十郎の切っ先鋭い言い方に靫負は鼻白んだ。

たしかに弓を持つ晴家の身を守るのに鉄砲を使われては、弓術家として八十郎は納得できないだろう。だが、すでに晴家に言上して許しを得たからには、もはや変えるわけにはいかなかった。

靫負は不機嫌な声を出した。

「そなたの言い分もわからぬではないが、これはすでに殿に申し上げたことだ。いまさら弓衆に変えるなどとは言えぬ。それにもともとはそなたの門人がしくじったことから発したことではないか。鉄砲衆を用いることにとやかく言える立場ではあるまい」

　八十郎はむっと押し黙り、泰蔵が、くくっ、とふくみ笑いをした。それを耳にして八十郎は、

「なるほど、さような仰せでござれば、それがしの申すことをお聞き入れにならずとも何も申せませぬ。されどひとつだけお断りいたしておきますが、殿は大和流の弓士として立ち合いに臨まれるのでござる。万が一にも卑怯《ひきょう》のお振舞いなきようお願いいたしまする」

　八十郎の切り口上に靫負は眉《まゆ》をひそめた。

「卑怯とは、どういうことだ」

「たとえば、立ち合いにて殿の矢がことごとく払われた後、鉄砲にて新納左近を撃つなどということでござる」

　靫負の策を見抜いたかのような八十郎の言葉だった。聞くなり靫負は渋面となって声を高くした。

「黙れ、さようなことをその方に指図される謂《いわ》れはないわ」

　靫負の言葉を八十郎は平然として聞いた。

「さようでございますか。ならばこれ以上は申しませぬ。されど、新納左近が〈矢留め〉をなしとげたる後に鉄砲で撃ち殺すとのお考えでしたら、それがしをも、ともに

撃たれるがようございます。もし、それがしが生きておれば、さような没義道《もぎどう》を見過ごしにはできませぬゆえ」

きっぱりとした口調で言うと八十郎は頭を下げて立ち上がり、御用部屋から出ていった。その後ろ姿をちらりと見ながら、泰蔵は口を開いた。

「いかがなされますか。浪人者だけでなく、磯貝殿も撃ち取ることは容易《たやす》うございますぞ」

唆《そその》かすような泰蔵の言葉に、靫負は頭《かぶり》を振った。

「馬鹿な、わが藩の弓術師範として磯貝の名は隣国にも知られておる。浪人者だけならともかく、磯貝まで鉄砲で撃ち殺せば、何事が起きたのかと噂になろう」

苦々しげに言いながら、八十郎があのように言い出したからには、立ち合いの場で左近を撃ち殺すことが難しくなった、と思った。

（あるいは磯貝が申す通り、左近だけでなく磯貝も撃ち殺すかだ。そうなると将左衛門も同時に撃たねばならぬが）

三人の射手に左近と八十郎、将左衛門を撃たせるしかないのだろうか。立ち合い場で三人が狙撃《そげき》されて倒れる様を思い描いた靫負の額に汗が浮き出た。

泰蔵はそんな靫負の顔を非情な眼差《まなざ》しで見つめている。

十八

三日後――

八幡神社の広場に幔幕が張られて、左近と晴家の立ち合いの場が設《しつら》えられた。

左近はこの日、午ノ刻《うま》（正午ごろ）に有川屋敷を将左衛門とともに出た。朝餉《あさげ》に粥《かゆ》を食べただけで昼餉は食さなかった。

屋敷を出る前に座敷牢《ろう》の伊也に挨拶《あいさつ》した。伊也は両手をつかえて、

「ご武運をお祈りいたします」

と心を込めて言った。左近はうなずいてにこりと笑った。

「先夜、あれほどの働きをされた伊也殿にさように言っていただくと、武神から寿《ことほ》がれた気がいたす」

「わたくしなど何ほどの働きもいたしておりません」

と頭を振った伊也は、少し考えてから言葉を継いだ。

「新納様、三の矢にお気をつけください」

「三の矢ですか？」

「はい、先日、拝見した新納様のお腕前なら、一の矢と二の矢は払われることと存じ

ます。されど、二本の矢を払われれば殿は逆上なされましょう。そのようなおり、矢には思いもかけぬ力が籠《こも》ります。決してご油断なさいませぬように」

「わかり申した」

左近は微笑して座敷牢の前を離れ、玄関に向かった。

将左衛門が待ち受け、吉江と初音も見送るために控えていた。左近が土間におりて雪駄《せった》を履くと、式台で手をつかえた初音が、

「ご無事でのお帰りをお待ちいたしております」

と澄んだ声で言った。左近は振り向き、やわらかな表情になった。

「初音殿が待っていてくだされるとは、ありがたい。是非にも戻らねばという気になりますぞ」

初音は真摯《しんし》な面持ちで左近を見上げた。

「わたくしだけでなくこの家の者は皆、新納様をお慕いし、お帰りになられるのをお待ちいたしております」

初音は慕うという言葉をたじろぐことなく口にした。

左近はさりげなく笑みを浮かべて頭を下げたが、将左衛門と吉江は一瞬、困ったように目と目を見交わした。

左近は将左衛門をうながして門へと向かった。

晴家は朝から落ち着かない気持でいた。

これまで剣術や弓の稽古《けいこ》はしても、命に関わる立ち合いなどしたことはなかった。左近に矢を射かけるだけで自らの命を危険にさらすわけではないが、ひとを殺《あや》めると思うだけでも恐ろしい。

殺されようとする者がどのような反撃に出るかわからない、と思うと、じわりと恐怖が腹の底から湧き出てくる。

靫負は鉄砲衆三人に警護させるというが、それで大丈夫なのだろうか、との不安もあった。

(このような立ち合いを受けるのではなかった)

晴家の胸には悔いが渦巻いていた。やがて刻限になり、御座所に兵部と靫負がやってきた。晴家は渋い顔をして立ち上がるしかなかった。

騎乗して城を出ると八幡神社に向かった。下馬して鳥居をくぐり、広場へと向かう。家紋入りの幔幕《まんまく》が張られ、家臣たちが控えていた。

幔幕の内に入ると、すでに白襷《しろだすき》をかけた左近が控え、傍らに裃《かみしも》姿の将左衛門と八十郎がいる。さらに泰蔵自らも加わった三人の鉄砲衆が、鉄砲を手にして待ち構えている。すぐにでも火縄に火を点じられるだろう。

その様子に晴家は心強さを覚えた。

（そうだ。もし左近に胡乱《うろん》な気配があれば、立ち合いなどに構わず、撃てと命じればよいだけのことだ）

晴家は左近から十間ほど離れた場所に置かれた床几《しょうぎ》に腰を下ろすと、羽織を脱ぎ、白襷をかけた。小姓が差し出す弓と矢を手に立ち上がる。

床几は小姓によって素早く持ち去られた。八十郎が進み出て、晴家に頭を下げた。

「ただいまより、〈矢留め〉のお試しをお願い仕《つかまつ》ります」

晴家が青ざめた表情でうなずくと、八十郎は左近に向かって、

「これへ」

と白扇で指し示した。左近は示されたあたりに進むと片膝《かたひざ》をついた。手には守り刀を持っているだけだ。

晴家は左近の様子を訝《いぶか》しげに見つめると、八十郎に問いかけた。

「彼《か》の者は小刀のみにて〈矢留め〉をいたすというのか」

「さようにございます。さらに、新納殿はいま片膝をついた場所より動くことはないとのことでございます」

「なんだと、動かずにわしの矢を払うと申しおったのか」

晴家が目に怒りの色を浮かべて言うと、八十郎は静かに首を縦に振った。

「それがまことの〈矢留め〉だというのが、新納なる浪人の申し条にございます」

そうか、とつぶやいた晴家はあらためて左近を見据えた。泰然自若とした様子を見るにつけ憎悪が膨らんでくる。

八十郎が白扇をかざして告げた。

「いざ、射られませい」

晴家は弓を構え、矢をつがえた。

左近を睨《にら》みつけると額に汗が浮いた。無防備にさえ見える左近の姿に苛立《いらだ》ちを覚えた。その瞬間、矢を放った。

ひょお
音を立てて矢が左近に向かった。しかし、

――かっ
と音がしたかと思うと、矢は両断されて左近の前に落ちた。

晴家は息を呑《の》んだ。左近の動きが見えなかった。わずかに身じろぎしただけのようだったが、いつの間にか守り刀を抜いていた。

左近は悠然と刀を鞘《さや》に戻してもとの姿勢のまま、晴家に目を向けてくる。晴家は左近の落ち着き払った様子に憤りを感じるとともに、難なく矢を払われたことに屈辱を覚えた。

まるで晴家の射た矢など恐れるに足りぬというかのようではないか。

(おのれ、わしを侮るか)

晴家が手を差し出すと小姓が二本目の矢を渡した。だが、その矢が晴家の手からぽろりと落ちた。晴家の手は震えていた。小姓があわてて、

「ご無礼仕りました」

と言いながら、矢を拾って捧《ささ》げ持った。晴家は矢を取り落とした無様《ぶざま》さが耐えられず顔を朱に染めた。兵部が、案じるように、

「殿――」

と声をかける。晴家はうるさげに兵部を睨み据えると、矢をむんずとつかんだ。もう一度、弓につがえた。手がわずかに震えている。

その様子を八十郎がつめたく見つめ、将左衛門はわずかに目をそらした。晴家は再び、矢を放った。

――かっ
先ほどと同様だった。矢はまたもや両断されて左近の前に落ちた。

晴家は信じられないものを見たように呆然《ぼうぜん》となった。飛来する矢をわずかな動きだけで斬ることができるものなのか、と思った。

「小癪《こしゃく》な奴め」

晴家はうめいた。それとともに、もはや左近を射殺すしか、藩主としての威厳を保つ道はないのだ、と思い知った。

頭の中が真っ白になっていた。何も考えられなくなった。いつの間にか小姓から矢を渡されている。

弓につがえながら、

「死ぬがよい。新納左近――」

とつぶやいていた。射殺そう、そのことだけを胸の中で念じていた。

矢が左近に突き刺さるかどうかなど、どうでもよくなっていた。わが憎悪の念だけで左近を死にいたらしめたかった。

弓をきりりと引き絞る。鬼気《きき》迫る晴家の姿を見て、将左衛門は眉《まゆ》をひそめた。八十郎が低い声で、

「念が入られたようじゃ」

と言った。もはや晴家は弓を思わず、矢も念頭になく、ただ、おのれの憎悪を左近に向けて引き絞っている。

ひょお
鋭い羽音とともに矢が左近に向かった。

一の矢とも二の矢とも違う。必殺の思いが込められた鏃《やじり》が光った。

十九

三本目の矢を晴家が射た際、左近がとった構えは異様だった。腕を伸ばして守り刀を顔の正面に高々と立てたのである。

晴家が必殺の思いを込めた矢は、あたかも左近の守り刀に吸い寄せられるように一直線に飛んだ。

鋭い金属音がして、矢が守り刀の刃先に当たったと見えた瞬間、左近は立て膝をして、大きく守り刀をはね上げた。

その衝撃で矢は思わぬ方角へ飛んだ。兵部の頭上を越えて幔幕に突き刺さった。しかも、千賀谷家の〈丸に違い鷹《たか》の羽〉紋の真ん中を射貫《いぬ》いている。

兵部は躍り上がるようにして、

――無礼者
と叫んだ。藩主の家紋を射貫いたからには、この場で左近を討ち果たせると、とっさに考えたのだ。応じて井口泰蔵ら三人の鉄砲衆が進み出て左近に狙いを定めた。晴家の下知《げち》がありしだい、左近を射殺するつもりだ。しかし、八十郎が、

「待てっ」

と声を張り上げて、鉄砲衆の前に立ちはだかった。さらに将左衛門もまた、左近に走り寄って背後にかばった。泰蔵が苛立って、

「邪魔立ていたすな」

と叫ぶと、八十郎は睨み据えて、

「無闇に鉄砲を撃てば悔いることになるぞ」

と厳しい声で制した。靫負が大声を上げた。泰蔵は戸惑って晴家をうかがう。晴家は額に青筋を立て、歯《は》嚙《が》みしている。

「何をいたす。そ奴はご家紋を射た、無礼者ぞ」

晴家も左近を睨みつけて、

「いかにもそうじゃ。慮外な振舞いぞ」

と怒鳴った。

将左衛門が晴家の前に進み出て口を開いた。

「さように仰せになられますが、わが娘の伊也は射た矢がご家紋を貫いたがゆえに入《じゅ》牢《ろう》いたしております。ただいまの矢を射られたのは殿にございますぞ」

「なにを申すか」

晴家が口ごもると、兵部は目を怒らせた。

「妄言を吐くな。殿はその浪人に向かって矢を射られたのだ。その矢を弾《はじ》き飛ばして

ご家紋を射たのは、その浪人じゃ」

　将左衛門はじろりと兵部を見据えた。

「渡辺殿の仰せはいささか違いましょう。新納殿は〈矢留め〉のために矢を弾かれたまで。その矢がご家紋に飛んだのは、射た矢を弾かれた者の不覚でござる」

　将左衛門の言葉を受けて、八十郎が鋭い声を発した。

「わが射た矢を弾かれたうえ、その矢の行方の咎《とが》を相手に負わせるなど弓士の恥とするところでござる。わが大和流にはさような心構えはござらん」

　八十郎の揺るぎない口調に晴家は顔色を青ざめさせた。泰蔵が困惑して顔を向けると、晴家は怒りで真っ赤になりながら、

「屁理屈《へりくつ》を申しおって」

とうめいた。その時、左近が進み出て晴家の前に膝《ひざ》をついた。

「ご無礼を仕《つかまつ》りました。されど、〈矢留め〉のことは果たしましたゆえ、それがしの申し条をまずはお聞きいただきとう存じます」

　晴家は顔をしかめたが、家紋を射た矢にこだわるのは分が悪いと察したのか、弓を小姓に持たせると、再び運び込まれた床几《しょうぎ》に座った。

「申し開きがあれば聞いてとらせる。無礼の詮議《せんぎ》はその後のことじゃ」

　苦々しげに言う晴家に左近は頭を下げた。そして、兵部に顔を向け、

「この守り刀を殿にお検《あらた》めいただきたい」

と差し出した。兵部がうかがうと晴家は黙ってうなずく。渋々、兵部が捧げ持った守り刀を手にとった晴家の目が見開かれた。

守り刀の柄《つか》には金で象嵌《ぞうがん》が施してあったが、それは〈丸に違い鷹の羽〉紋だった。

左近は落ち着いた様子で話した。

「その守り刀はそれがしが生まれたおりに父君より拝領いたしたそうにございます。それゆえに家紋がついておるのでございます」

「なんと」

晴家はまじまじと守り刀を見つめた。

「ただいまは千賀谷家の家紋を射貫いたとのお咎めでございましたが、それがしも〈丸に違い鷹の羽〉紋を用いることを父君より許されております。されば、わが家紋を射貫いたからといって罪ありと咎め立てられる謂《いわ》れはないと存じます」

左近の話を晴家は苦い顔で聞いた。

兵部も矢が家紋を射貫いたことを咎め立てたがために、却《かえ》って左近に自らの出生を明かさせたと臍《ほぞ》を噬《か》んだ。しかし、左近はふたりの思惑を気にしない様子で淡々と話を続けていく。

「さらに申せば、千賀谷公には、この守り刀を二年ほど前にご覧になったことがおありでございます。乱酔しておられましたゆえ、記憶のほどはさだかではなかろう、と存じますが、吉原の藤屋《ふじや》にて旗本と諍《いさか》いを起こされた一件を覚えておられませぬか」

「なんだと」

晴家は目を瞠《みは》った。

二年前の夏のことだ。晴家は江戸の吉原の引手《ひきて》茶屋で遊興してしたたかに酔った。吉原に来た客は引手茶屋にあがって、お目当ての花魁《おいらん》を遊女屋から呼び、花魁が来るまで幇間《ほうかん》や芸者と酒宴を開いて騒ぐ。

そのうちに引手茶屋から差し紙が花魁に出される。客は番頭新造《ばんとうしんぞう》、振袖《ふりそで》新造などと呼ぶ見習いの遊女や少女の禿《かぶろ》を引き連れて迎えに来た花魁と茶屋で酒盛りをした後、一緒に遊女屋へ行く。

ところが、この日、晴家の馴染《なじ》みの朝霧太夫《あさぎりだゆう》が遊女屋に差し紙を出してもいっこうに座敷に来ない。晴家は立腹して、引手茶屋の者を怒鳴りつけ、右往左往させたあげくの果てに、朝霧の名を呼びながら座敷から廊下へ飛び出た。

そのおり、遊客《ゆうかく》の武士三人とぶつかった。

「朝霧太夫は、どこだ」

酔った勢いで晴家は旗本たちを突き飛ばし、千鳥足で廊下を進んだ。すると、

「待て、無礼者――」

鋭い声が飛んだ。晴家がふらつきながらも振り向くと、三人の武士が詰め寄ってきた。中でも、四角張った顔で眉《まゆ》が太く、目がぎょろりとした大柄で屈強そうな武士が、

「お主、いまわしらを突き飛ばしたぞ。なぜ、詫《わ》びぬのだ」

と低い声で訊《たず》ねた。晴家は赤い顔で熟柿《じゅくし》臭い息を吐きながら、

「それはすまなかった。許せ――」

と告げて背を向けた。すると大柄の武士は晴家の肩に手をかけて引き留め、

「それが、詫びのつもりか。貴様、いずれの勤番侍だ。われらは旗本である。この無礼は見過ごしにはできぬぞ」

と鋭い声を発した。晴家に従っていた家臣ふたりがあわてて間に割って入り、

「しばらく、しばらく――」

と押し止《とど》めようとしたが、ほかの小柄な男と痩《や》せた男らふたりの旗本も、

「なんだ。お前らは」

「われらが旗本と知ってなおも無礼を働くか」

と激昂《げっこう》した。家臣たちは、驚いて廊下に跪《ひざまず》いて手をつかえ、平謝りした。

「存ぜぬこととは申せ、ご無礼の段、ご容赦くださりませ」

その様子に旗本たちは目を光らせた。

「ほう、ただの勤番侍かと思うたが、そうではないらしいな」

「これは面白うなった。いずこかの田舎の小大名であろう」

「さしずめ、五、六万石といったところか」

大柄な旗本はにやりと笑い、

「それがしは旗本寄合席三千石、大沢主膳《しゅぜん》と申す」

と名のった。晴家は、

「扇野藩、千賀谷左京大夫晴家じゃ」

と酔った声で答えた。家臣たちははっとしたがすでに遅く、旗本たちはにやりとして顔を見合わせた。大沢主膳は、大きくうなずいて、

「なるほど、千賀谷様にお見知りおきいただいたのは、われらにとって幸いなことでござる。是非、これを機会にご昵懇《じっこん》に願いたい」

と言った。晴家は面倒臭げに、さようか、とつぶやいて、背を向けようとしたが、旗本たちが急いで前にまわって押し止めた。

「せっかく知り合いになったのでござる。先ほどの詫びに一献さしあげたい。われらの座敷にお出《い》でいただきたい」

「わしは朝霧太夫を呼びに行かねばならんのだ」

晴家がなおもわめくと、主膳はにやにや笑いながら、

「それがしもお手伝いいたす。その景気づけにまずは飲まれよ」

と言って自分たちの座敷に晴家を押し込んで酒を勧めた。晴家が一杯、飲み干すごとにやんやと囃《はや》し立てた。晴家がさらに泥酔して、ころはよしと見た主膳が、

「筆と硯《すずり》を持て」

と仲居に命じた。手紙でも書くのだろうかと仲居が持ってくると、主膳は硯ですった墨をたっぷりと筆に含ませた。

「さて、千賀谷殿、仰せのごとく、ただいまより朝霧太夫を呼びに参ろうと存ずる」

「おお、そうか」

ふらりと立ち上がろうとする晴家を主膳は押し止めた。

「待たれよ。ここは吉原でござる。座敷に出てこぬ太夫を呼び出すはいかにも無粋。されば、朝霧太夫のもとに参るは粋《いき》なる遊びだと示さねば、とんだ笑いものになりますぞ」

「どういうことだ」

「されば、飄逸《ひょういつ》なる恰好《かっこう》にて参るのでござる。さすれば吉原中の者は千賀谷殿を通人として褒めそやしましょう」

「はて、どのようにしたらいいかわからぬな」

晴家が不審げな顔をすると、主膳は、何食わぬ顔で、

「されば、かくいたします」

と言って晴家の首を押さえ込むと、驚く晴家の目の周りに墨を塗りつけた。さらに晴家の袖を引いてもろ肌脱ぎにさせた。旗本たちが晴家を押さえつけた。主膳は素早く晴家の背後にまわると、筆を振るって、

——阿呆《あほう》

と書いた。

「何をするか」

晴家の悲鳴のような声を聞いて、家臣たちが襖《ふすま》を開けて座敷に踏み込んだ。しかし、晴家の姿を見て、あっと息を呑《の》んだ。晴家は顔を墨で真っ黒に塗られ、羽織と袴《はかま》を脱がされてもろ肌脱いだ姿となっている。

主膳は冷笑を浮かべ、旗本たちにあごで示して晴家を引き立てさせ、廊下に出ようとした。衆目にさらして、恥をかかせようというのだ。

近くの座敷にいた客や幇間、芸者までもが騒ぎを聞き付け廊下に出てきて、主膳たちの座敷をのぞきこんだ。家臣たちは必死になって晴家の姿をひと目から隠しながら、

「かような仕儀が噂になれば、幕府のお咎《とが》めを受けて御家はつぶれます。何とぞご勘弁願わしゅう」

と悲痛な声で訴えた。家臣たちを眺めまわした主膳が、

「ならぬ」

と吐き捨てるように言って、座敷を出ようとした時、ひとりの武士が廊下から座敷へ入ってきた。

「ただいまの騒ぎを廊下にてもれ聞きましたが、酔漢へのお仕置きはもはや十分かと存ずる。これ以上なされば、失礼ながら貴殿らの御名に傷がつきましょう」

武士は静かに言った。淡々と諭されて主膳は苦い顔になって言った。

「貴様、この者の縁者か」

「母は違いまするが、血を分けたる弟にござる」

武士は静かに言った。

「ほう、この者の兄か。ならば腕ずくで弟を取り戻したらどうだ」

主膳は、武士を睨《にら》み付けた。うなずいた武士は懐から守り刀を取り出した。主膳がぎょっとすると、武士は座敷の膳に近づき、片膝《かたひざ》をついた姿勢で守り刀を一瞬抜いて素早く鞘《さや》に納めた。

白刃が光ったかに見えた後、燗徳利《かんどくり》が斜めに斬られて酒が膳にあふれた。武士の早業に度胆《どぎも》を抜かれた主膳は、青ざめて、

「もはや、遊びはやめじゃ」

と言うと座敷を出ていった。武士は三人が出ていくのを見定めた後、晴家に近づき、

守り刀の柄《つか》を晴家の目の前に突きつけた。

「ただいま、貴殿をお守りいたしたのは、この〈丸に違い鷹《たか》の羽〉でござる。そのこときっとお忘れあるな」

武士はそう言うと、現れた時と同じように静かに去っていった。

二十

「あのおりの武士はそなたであったか」

晴家はようやく思い出して左近を見つめた。

吉原で旗本に狼藉《ろうぜき》を働かれたことを恥じた晴家は、家臣たちに口止めした。もう誰も知らぬことだと思っていた。ところが、助けてくれた武士が目の前にいるとは思いがけないことになった。

「そなた、吉原にてわずかばかりわしを助けたことをかさに着て、説教をいたそうという所存か」

晴家が吐き捨てるように言うと、左近はにこやかに答えた。

「受けた恩を忘れては武士とは申せますまい。恥ずかしくはございませぬか」

晴家は思わず床几《しょうぎ》から立ち上がり、握った拳《こぶし》をぶるぶると震わせた。兵部が脇差に手をかけて、左近に詰め寄った。

「あまりの暴言、許さんぞ」

だが、左近は鋭い目で兵部を睨み据えた。

「それがしの申したことのどこが暴言か。渡辺殿はそれがしが先君の血を引くことを知らぬわけではあるまい。であるのに、君寵《くんちょう》をよいことに、それがしをひそかに討とうといたした不遜《ふそん》の振舞いこそ許し難い」

左近に決めつけられて兵部は蒼白《そうはく》になった。左近がゆっくりと立ち上がり、近づくと靫負がその前に立った。しかし、先ほどまでの左近とは違い、主筋《しゅすじ》としての威厳に満ちている。

左近がなおも間を詰めると靫負はおびえたように後退《あとずさ》り続け、何かに足がひっかかって尻餅《しりもち》をついた。左近は何も言わず悠然と靫負を見下ろしている。額に汗を浮かべた兵部はそのまま片膝をついて控える姿勢になっていた。

左近は兵部にちらりと目を遣《や》ったが、やおら晴家に向き直った。

「ただいまは、吉原にてわたしがお助けいたしたと申し上げました。が、あのおりに申しましたように、まことは〈丸に違い鷹の羽〉が、お助けいたしたのでござる」

「いかなる意味合いじゃ」

左近に言われて、晴家は自らが手にしている守り刀に目を遣った。

〈丸に違い鷹の羽〉紋の象嵌《ぞうがん》がきらりと光った。象嵌に目を遣る間に、晴家の表情はしだいに真摯《しんし》なものへと変わっていった。

「あのおりに、それがしの身の内に昂《たか》ぶったものは、血の騒ぎと申すしかございません。血を同じくする者が辱めを受けるのを見過ごしにいたすことは、到底できませなんだ」

懇々と説く左近の言葉をいつしか晴家は目を閉じて聞いていた。その様子を兵部は案じるようにうかがっている。

左近が言い終えると、晴家はゆっくりと目を開けた。

「そなた、わしにいかがいたせ、と申すのだ」

「吉原での遊興をやめていただきたく存ずる。また、樋口清四郎と有川殿の娘御をお許し願いたい」

左近が言った時、兵部が晴家の前に進み出た。

「しばらくお待ちくださいませ。江戸にてのわずかばかりの殿の気晴らしについて、浪人者より諫《いさ》められる謂《いわ》れはないと存じます。されば、ご遊興についてお考えになるにしても、この場でのご返答は無用にございましょう。さらに――」

兵部は言葉を途切らせて、いったん左近を睨み据えたうえで、

「樋口清四郎と有川伊也をお許しになられるかどうかにつきましては、それがしに一

案がございます」

　と言上した。

　何を言い出したのか、と将左衛門と八十郎は耳をそばだてた。左近は手をつかえたまま微動だにしない。晴家は興味を覚えた様子で口を開いた。

「樋口と有川の娘の一件をいかがいたすというのじゃ。申してみよ」

「されば、でございます」

　兵部は唇を舌で湿してから口を開いた。

「樋口にかわり、有川の娘に千射祈願をなすようお命じになってはいかがかと存じます」

「娘に千射祈願をか」

　晴家は眉《まゆ》をひそめた。兵部の思わぬ提案に将左衛門は顔をしかめた。清四郎に命じられたのは一矢も射損じることなく千本の〈通し矢〉を行うという過酷なものだった。磯貝門下四天王のひとりである清四郎をもってしても、なしとげられるかどうかはわからない難事だ。

　それを、力では男に及ばない女の身で、伊也ができることとは思えなかった。将左衛門が口を開こうとしたとき、八十郎が一歩前に出た。

「お待ちください。女子の千射祈願は難しゅうございます。まして一矢も射損じなしでは到底かないますまい。樋口になしとげさせてこそ、御家の武威を高からしめましょう。女子に命じてあえなくしくじれば、他国への聞こえもよろしからず」

　きっぱりと八十郎が言うと、晴家は言葉を発した。

「磯貝はさように申すが、それだけに女子が千射祈願をなせば、わが藩の誉れとなることでもあろう」

「それは——」

　八十郎は晴家が千射祈願を伊也に命じるつもりになったのか、と愕然《がくぜん》とした。

　将左衛門も落胆の色を表情に浮かべて目を閉じた。一方、兵部は策が功を奏したと満足げに頬をゆるめた。載負も膝を叩《たた》いて喜色を浮かべた。

　晴家は静かに左近に語りかけた。

「そなたのわしへの諫言《かんげん》は有川将左衛門が仕組んだことであろう。将左衛門のなしたることは主君に対してまことに不遜じゃ。将左衛門の思惑に従って動いたそなたや樋口清四郎も許し難い。されど、娘が千射祈願をなしとげるならば、皆を許してつかわす」

「まことにございましょうや」

　左近は顔をあげて問うた。晴家の言葉にはいままでにない真摯さがあるのを感じ取っていた。

「嘘は言わぬ。さらにそなたの諫言も重く受け止めよう。なるほど、血は水より濃いな。そなたの諫める言葉は胸に沁《し》みた。なぜかと申せばな――」

晴家はいったん口を閉じて、まじまじと左近を見つめた。

「そなたの声はどこかで聞いた覚えがあると思うたが、わが亡き父君によう似ているようじゃ。愚かにて藩主としての器量に欠けるわしは父君から随分と厳しき叱責《しっせき》を受けた。それを思い出したぞ」

左近ははっとして晴家の顔を見返した。晴家は懐かしげな表情を浮かべている。思わず左近の胸にも込み上げるものがあった。

「お聞き届けいただき、まことにありがたく存じます」

晴家の心持ちを知った左近はさらに毅然《きぜん》として言った。

「命を賭《か》けて大切なるものを守ろうとする者の至誠が天に通じれば、できぬことはないかと存じます。伊也殿の想いは矢の如く一筋に天に届きましょう」

兵部と靫負は愕然として顔を見合わせた。

風がうなりをあげて上空を吹き過ぎていく。

二十一

「わたくしが樋口様にかわって、千射祈願をいたすのでございますか」

城から下がってきた将左衛門の話を、伊也は目を鋭くして聞いた。

左近は無事、〈矢留め〉をなしとげ、晴家に諫言できたが、そのかわり伊也が千射祈願に挑まねばならなくなったという。

「そうだ。難事だが、やらねばならぬ。新納殿は殿を諫めてくだされた。そなたが千射祈願をなしとげるならば、新納殿の諫言を殿は受け容《い》れてくださるであろう」

将左衛門は座敷牢《ろう》の中の伊也に淡々と告げた。

「しかし、ただの千射祈願ならばわたくしも為《な》してみたいと思いましたが、一矢もはずさぬ千射祈願は難しゅうございます。女子のわたくしにできましょうや」

伊也が眉をひそめて言うと、将左衛門は目尻にしわを寄せて、笑みを浮かべた。

「伊也らしゅうもないな。わしはてっきり、女子なればこそなしとげられる、とでも言うかと思うておったぞ」

「父上、わたくしはさほどに思い上がってはおりませぬ」

伊也が苦笑すると、将左衛門は真面目な顔になり、

「まことは、わしもかなり難しきことじゃと思うておる。千射祈願を行うのは二十日後の八幡神社の夏の大祭の日と決まった。家中《かちゅう》だけでなく百姓、町人の見物も差し許すとのことじゃ」

と言った。伊也は首をわずかにかしげた。

「二十日後ではあまり稽古《けいこ》をする日もありませぬな」

「そうなのだが、千射祈願の日まで牢にいれば、どれほど鍛錬しようとも体の力は落ちる。日を延ばせばよいというものではないからな」

将左衛門の言葉に伊也はうなずいた。

「さようでございますね。二十日の間にできる工夫をいたさねばなりません」

「そのことだが、ただひとつだけ、願い出て許しを得たことがある」

「なんでございましょうか」

「当日、そなたの介添え役を樋口清四郎殿に務めてもらう。樋口殿は千射祈願をするつもりで、これまで稽古をしてきておる。そなたの介添えとして力になってくれるのは間違いあるまい」

清四郎が介添えをすると聞いて、伊也の顔は輝いた。千射祈願という難事を行うのに清四郎が付き添ってくれるのは心強かった。

「それはありがたく存じます。なんとしてでも、千射祈願をなしとげまする」

伊也が嬉《うれ》しげに言うのを、将左衛門は当然のようにして聞いた。

「そうでなければ困る。もはやすべてはそなたの千射祈願にかかっておるのだ。もし、なしとげられねば、兵部めがさぞやいきりたってわれらをつぶそうとかかってくるであろうからな」

そう言いながら将左衛門は、ふと言葉を切って、目を伊也からそらした。

「待てよ、あるいは——」

将左衛門は何事か考えにふけった。その様子を伊也は訝《いぶか》しそうに見つめている。

将左衛門と伊也が話している間、初音は左近の部屋へ茶を持っていった。

左近が茶を喫するのを待って、初音は、

「新納様のご無事にてのお戻り、まことに安堵《あんど》いたしました」

と明るい表情で言った。左近は微笑を浮かべて、

「きょうは、ひとの血のつながりに思いを致しました」

と答えた。初音は目を丸くした。

「血縁ということでございましょうか」

「それがしは幼いころより、ひとに預けられて育ちました。それゆえ、肉親の思いというものを知りませんでしたが、血を分けた者同士には、不思議に通じ合うものがあ

る、と初めてわかりました」

「さようなものかもしれませぬ」

初音が思いをめぐらして言うと、左近はうなずいた。

「初音殿と伊也殿の間にも通い合うものがおありでしょう」

「幼いころより、姉の喜びはわたくしの喜び、姉の悲しみはわたくしの悲しみだと思って参りました。それは姉もおなじことと思います」

初音はほんのりと頬を染めて言った。左近はそんな初音の顔にやさしげな目を遣《や》りながらつぶやいた。

「伊也殿の喜びが初音殿の悲しみとなり、初音殿の喜びが伊也殿の悲しみとなるようなことはあってはなりませんな」

「新納様――」

左近が清四郎と伊也のことを言っているのだ、と初音にはわかった。伊也にとっては清四郎と結ばれることが喜びだろうが、それは同時に初音の悲しみとなる。

初音が清四郎と祝言をあげる喜びを得れば、伊也の心に深い悲しみの影を落とすことになるだろう。

（どうしたら、姉上とわたくしが喜びをともにできるのだろうか）

初音は深いため息をついた。

この日の夜、靫負は屋敷に鉄砲衆の井口泰蔵を呼んだ。

酒の膳《ぜん》を出して、しばらく歓談した後、靫負は杯を置いた。靫負が何事か言おうとしているのを察して、泰蔵も両手を膝《ひざ》に置いて姿勢を正した。

「実はな、そなたに命じたきことがあるが、何分にも外聞を憚《はばか》るのだ」

「なんなりと仰せくださりませ。決してひとにはもらしませぬ」

泰蔵はしたり顔でうなずいた。

「有川の娘が千射祈願を行うことは、浪人者の新納左近が〈矢留め〉を行ったあの場で聞いたな」

「いかにも」

「されば、どう思う。千射祈願を果たせようか」

「まず、無理でございましょう。女子の力でなせることではありますまい。されど——」

泰蔵は腕を組んで考え込んだ。

「されど、どうなのじゃ」

靫負はうながすように泰蔵の顔を見た。

「有川家は日置流雪荷派弓術を伝えております。千射祈願は女子の力ではできぬと存じますが、流派に何ぞ秘伝があるやもしれませぬ」

「そのことよ。新納も何やら自信ありげにしておった。渡辺様が言上して決まったことだが、ひょっとすると、という気がして参った」

靫負は杯に自ら酒を注ぐと口もとに持っていき、ひと口に飲み干した。

「あるいは有川の娘は千射祈願をなしとげるかもしれぬ。さすれば、わしにとってまずいことになる」

「いかがあいなりまするか」

「殿は新納左近の諫言《かんげん》を聞かれるだけでなく、あの者を召し抱えられるやもしれぬ。そうなれば、先君のお血筋として一門衆の待遇で藩政に重きをなそう。すべては有川将左衛門の思いのままだ。あ奴《の》が家老に伸し上がり、藩を牛耳り、渡辺様は追い落とされようぞ」

苦い顔で言う靫負を泰蔵は見つめて、同情するように言った。

「さようになれば、三浦様にとって不運なことでござるな」

「わしだけではないぞ。そなたも新納左近に鉄砲の筒先を向けたのだ。左近が召し抱えられれば仕返しがあると思わねばなるまいて」

靫負に決めつけられて、泰蔵は少し考えた後、

「しからば、それがしに何をせよとの仰せでござろうか。大和流の弓士三人がしくじ

った新納左近への闇討ちをなせと言われますのか」

と低い声で訊《き》いた。

「いや、新納を討つことを殿はお許しになるまい。それゆえ、有川の娘を討つのだ」

「女子をでござるか。女子を鉄砲の餌食《えじき》にしたとあっては、鉄砲衆としての面目にかかわりますな」

さすがに泰蔵は嫌な顔をした。だが、靫負は畳みかけるように言う。

「さような悠長なことは言っておられんのだ。万が一にも娘が千射祈願を達成せぬようにしておかねばならぬ。そのためには千射祈願などできぬようにしてしまうのが、一番よいに決まっておろう」

「では手傷を負わせて、弓矢を持てぬようにすればよいのでございますか」

「いや、なまじ生きておっては後腐れがある。命を奪え」

靫負は冷酷に言い切った。泰蔵はそれを顔色も変えずに聞いて、さらにたしかめるように言った。

「殺すといたしましても、鉄砲を使えば、われらのしたことと疑われるのではありますまいか」

「疑ったからといって、証《あか》し立てるものはあるまい。弓術を伝える家の娘が鉄砲によって殺されたとあっては、武家として体面に関わる。将左衛門はおそらく病死と申し立てよう。されば千射祈願のことは沙汰《さた》やみになる」

靫負は目を光らせた。うなずいた泰蔵は、

「大和流の弓士がしくじったことを、われら鉄砲衆がなせば、あの磯貝八十郎の鼻を明かせますな」

とさりげなく言って、にやりと笑った。

靫負は何も答えず、また杯を口に運んだ。その手がわずかに震えているのを泰蔵は嘲《あざけ》るように見つめていた。


翌日から、伊也は千射の稽古《けいこ》を始めた。

座敷牢《ろう》の中から中庭に立てた的に向かって射るのだ。まずは、百射を試みた。右手に鹿皮の弓懸《ゆがけ》をはめ、ゆっくりと弓をとる。

的に当たった矢を抜いて戻すため、初音が傍で見守っている。あらかじめ百本の〈麦粒〉をそろえておき、安座して弓につがえた。

大きく息を吐いて心を落ち着かせ、牢格子の間を見据えて一矢目を放つ。

ひょお
風を切る音とともに矢が的に突き刺さった。伊也は表情を変えずにさらに射続けていく。時おり、初音が的の矢を抜く間だけ、射るのを止める。

初音は十本が射られると的から矢を抜いた。伊也は、七十本目を射た後、手に異変を感じた。微《かす》かに痺《しび》れを感じるのだ。

(どうしたことだろう)

不安を感じながらも、なおも矢を射た。初音も変わらない様子で矢を抜きにいったが、ふと首をかしげた。それでも矢を抱えて座敷牢のそばへと戻った。

手の痺れはすぐに治まり、気のせいだったのか、と伊也は思った。なおも矢を射る。

ひょお

ひょお

という音が、中庭に響き渡った。八幡神社で百射を行ったおりの気魄《きはく》が伊也の体に満ちていった。

(大丈夫だ。わたくしは千射をなしとげることができる)

伊也の胸に自信が湧いてきた。しかし百本目を射た後、また痺れが出た。

「まさか、これしきのことで」

伊也はつぶやきながら、手を見つめた。すると、いつもとは違う何かを感じた。手に込めた力が弱い気がするのだ。何度か掌《て》を開いたり、閉じたりした。しかしその都度、手には思うように力が入らない。

伊也の額に汗が浮かんだ。

「姉上、いかがなされましたか」

牢の外から初音が心配そうに声をかけた。伊也は頭《かぶり》を振って答えた。

「なんでもありません。ただ、ひさしぶりに弓を引いたので、手に疲れが出たのではないかと思います」

「さようならば、よろしいのですが。矢を的から抜いておりますと、七十本目あたりから、浅く突き刺さっておりましたので、気になりました」

初音は眉《まゆ》をひそめて言った。

「浅く刺さっていた？　まことですか」

伊也は驚いて、初音の顔を見た。初音はゆっくりとうなずく。

「はい、日頃の姉上の矢は、的に深く突き刺さり、引き抜くのに力を込めねばなりません。しかしきょうは、七十本を過ぎたあたりからの矢は、浅くしか刺さっておらず、手をふれればすぐに抜けました。どうしたことかと思いました」

「そうですか。稽古不足ですね」

伊也は言いながらなおも手を見つめた。

たとえ座敷牢にいながらでも、日々の鍛錬は怠っていない。牢にいるから力が落ちるとは思えなかった。しかし考えをめぐらすうちに、ふと思い当たることがあった。

（ひょっとすると、あのおりに手の筋を痛めたのかもしれない）

三人の弓士が左近を狙って屋敷を襲撃した際、伊也は座敷牢の中から矢を射返した。さらに牢を出て弓士たちに矢を見舞った。

左近を守らなければと必死になって矢を射た際に、夢中で日頃よりも力を入れて弓を引いた。弓士たちが矢を射かけてくるのに立ち向かってのことだけに、懸命に矢を射るしかなかった。

それが災いして手の筋を痛めたのだろうか。力が籠《こも》らず、それで的に浅くしか突き刺さらないのだ。

思い起こしてみれば、弓士に襲撃されてからは、外聞を憚《はばか》って弓の稽古を怠り、左近が〈矢留め〉を行うにあたって、試しに射ただけだった。

伊也は手を見つめて愕然《がくぜん》となった。

手の筋を痛めて力の籠らぬ矢しか射ることができないのであれば、〈通し矢〉などはできない。まして一矢も仕損じることなく千射祈願をなしとげることなど、無理に決まっている。

（どうすればいいのだろうか）

千射祈願を達成できないという恐れを抱いて伊也は青ざめた。

二十二

初音から伊也の不調を聞いた将左衛門は、座敷牢に来ると伊也の腕をさわってたしかめた。

「なるほど、腕の筋を痛めておるようじゃ。これでは思うように力が入るまい」

将左衛門がため息まじりに言うと、伊也は面目《めんぼく》なげに頭を下げた。

「申し訳ございませぬ。不覚でございました」

「いや、わしが気づいておらねばならなかった。わしとしたことがとんだ迂闊《うかつ》なことだった」

将左衛門は腕を組んでしばらく考え込んでから口を開いた。

「幸い、千射祈願までは日がある。その間、湯治をいたして治すしかあるまい。小岩《こいわ》村の湯治場ならば、百姓、町人だけでなく家中《かちゆう》の者も湯治に参っておるゆえ、伊也が行ってもよかろう」

「しかし、わたくしは入牢いたしておる身でございます。湯治に参るなどお許しいただけましょうか」

伊也は心配げに訊いた。傍らの初音も眉をひそめて言葉を添えた。

「さようでございます。姉上が牢を出られれば、またお咎《とが》めを受けるやもしれませぬ」

「千射祈願は殿のお声がかりですることになったのだ。そのため山中にて鍛錬をいたすと願い出れば通らぬ話ではない。いずれにしてもほかに道はないのだ。湯治が許されぬとあれば、千射祈願を辞退せねばならぬ。それでは殿の御意《ぎょい》に背くことになるのだからな」

将左衛門は不敵な笑いを浮かべた。伊也は初音と目を見交わしてから、

「もし、お許しが出ましたなら、わたくしは初音とともに小岩村の湯に参りたいと存じますが」

「初音とともに参ると申すのか？」

将左衛門は首をかしげた。

「はい、わたくしはこの間、初音とともに戦って参った気がいたしております。初音も先日、肩に矢を受けたのです。言うならば、このたびの戦でふたりともに手負うたのでございますから、湯治もともにいたしとうございます」

「そうか。何はともあれ、千射祈願が最後の戦いとなろうゆえ、それに備えねばな。だが、ふたりだけで湯治場にやるわけにはいかぬ。家僕と女中はつけるが、新納殿にもご同行を願おう」

「新納様もでございますか？」

伊也は目を瞠《みは》った。初音がかすかに頬を染めて、

「わたくしどもの湯治に新納様に同行していただいては、もったいのうございます」

と言った。

将左衛門は頭を振って答えた。

「いや、渡辺兵部が何を企《たくら》むかわからぬゆえ、伊也の身辺を守る者がいなければならぬ。新納殿にお頼みいたすのは心苦しいが、わしが付き添うわけにもいかぬゆえ、やむを得んのだ」

「渡辺様が企まれるとはどのようなことでしょうか」

伊也は将左衛門の顔をうかがい見た。

「殿が諫言《かんげん》を容《い》れられるのは、そなたの千射祈願が条件であった。それゆえそなたを亡き者にいたせば、殿が今後、新納殿を近づけることはなくなろう。兵部はそれを狙うかもしれん」

将左衛門は冷徹に言ってのけた。

翌日――

将左衛門は御用部屋の兵部のもとに行き、

「千射祈願成就のため、伊也に山中での稽古《けいこ》をお許しいただきとうござる」

と願い出た。兵部はじろりと将左衛門を睨《にら》んだ。

「娘御を牢《ろう》から出したいと言われるのか」

「いずれにしても千射祈願のためには牢から出さぬわけにはいきませぬゆえ」

将左衛門が平然と答えると、兵部はしばらく考え込んでから答えた。

「よろしかろう。殿が千射祈願を娘御に命じられたからには、なんとしてもなしとげてもらわねば不忠になりますからな」

兵部はさりげなく不忠という言葉を言い添えて、伊也が千射祈願を達成できなければ忠義ではないと告げたのだ。

兵部の言葉に将左衛門は顔色を変えることなく、落ち着いた物腰でうなずいた。

「それがしも、なんとしても忠義を尽くす所存でござる。伊也が千射祈願を果たせば、忠義の道が開かれましょうからな」

「さようでござるか」

兵部は意味ありげに笑った。

そんな兵部の顔を見つめた将左衛門は、御用部屋を出ると玄関から、さらに大手門そばの藩校照見堂へ足を向けた。

弓術の稽古場に行くと、いつものように八十郎が黒い稽古着姿で端坐《たんざ》している。将

左衛門は、

——御免
と声をかけて稽古場に入り、目を向けた八十郎に会釈してから傍らに座った。八十郎は稽古をしている少年たちにちらりと目を向けたうえで、座りなおして将左衛門と向かい合った。

「何か御用でござろうか」

八十郎は訝《いぶか》しげな視線を将左衛門へ向けた。

「さよう、折り入ってお頼みいたしたきことがござる」

将左衛門が声を低めて言うと、八十郎の目が鋭くなった。

「何でござろうか」

「わが日置流雪荷派を大和流の弓矢にて守っていただきたいのでござる」

ゆっくりとした口調で将左衛門は言った。八十郎は首をかしげてから、ぽんと膝《ひざ》を叩《たた》いた。

「伊也殿を守って欲しいということでござるか」

「さよう、伊也は手の筋を痛めております。されば、小岩村の湯治場にやろうと思いますが、伊也を屋敷から出すのは危ないやもしれぬと思いましてな。新納殿に同行していただく所存ではござるが、もし、相手が飛び道具を使ってくれば新納殿でも守りようがござるまい」

将左衛門の表情は憂いの色を帯びていた。

「誰ぞが鉄砲衆を使うと思われたのでござるな」

「先日の〈矢留め〉のおりの様子を見れば、鉄砲衆組頭《くみがしら》の井口泰蔵は渡辺殿か三浦殿の意を受けて動いておるようでござる。伊也が湯治に参れば、鉄砲衆に狙われるやもしれませぬ」

「なるほど、鉄砲から守るには弓矢しかないと言われますか」

八十郎はにやりと笑った。将左衛門は微笑んで言い添えた。

「さよう、大和流の弓は鉄砲に勝りましょう。それが弓術を志してきた者の矜持《きょうじ》でもござるゆえ」

「いかにも大和流の誇りをお見せいたそう」

八十郎はきっぱりと答えた。

伊也は翌日、初音や左近とともに城下から三里の小岩村へ向かった。

千射祈願のための鍛錬ということもあって、伊也は両刀を差した男装の旅姿で弓を携えた。

皆の荷物を入れた葛籠《つづら》を家僕の吉助が背負い、伊也と初音の身の回りの世話をするため女中ひとりが付き添っていた。

城下から田畑の間の道を抜け、青々とした山塊へ続く山道にさしかかって、伊也は思わず立ち止まり、あたりを見回した。

遠く青々と霞《かす》む山並みが続き、道沿いは濃い緑に覆われている。杉木立から清涼な風が吹き抜けてきた。

「座敷牢を出て、かようなところに参ると心が晴れ晴れといたします」

伊也が語りかけると左近は微笑んで答えた。

「さような心持ちになられただけでも、腕の養生になりましょうな」

そう言うと、左近は歩きながら唄《うた》を口ずさんだ。

あな尊
今日の尊さや
いにしえも　はれ
いにしえも　かくやありけむや
今日の尊さ
あはれ
そこよしや　今日の尊さ

左近の唄声に初音は目を輝かせて聞き入った。

「よい唄でございますこと」

左近は振り向いて答える。

「古《いにしえ》の唄の催馬楽《さいばら》です。昔、どのような節で唄ったのかはよくわかりませんが、わたしは詞が好きで、勝手な節をつけて唄っております」

催馬楽は民謡に唐楽の伴奏をつけた歌謡で、平安時代に盛んに唄われた。貴族も唄ったという。

「この唄は〈安名尊《あなとうと》〉といいます。ああ尊い、今日の尊さ、昔もこんな風だったのだろうか、と今日という日の尊さを喜び、唄ったもののようです。今日を大事に思えてこそ、初めて明日が訪れるのではありますまいか」

腕の筋を痛めて沈みがちになる伊也の心情を慮《おもんぱか》ったかのように、左近はさりげなく言った。その心を伊也はありがたいと思った。

初音が明るく笑って、
あな尊
今日の尊さや

いにしえも　はれ
いにしえも　かくやありけむや

と唄った。初音の声は可憐《かれん》で、左近は笑みを浮かべて耳を傾ける。それに続いて、伊也が唄う。

今日の尊さ
あはれ
そこよしや　今日の尊さ

伊也の声はよく通り、清雅な趣があった。歩きながら唄うふたりの澄んだ声が山道に響いていった。

小岩村は木賃宿があるだけのひっそりとした湯治場だった。
もともとは修験者《しゅげんじゃ》の修行の場だったというが、戦国のころから戦で傷を負った武士が湯治をするようになったという。
温泉は湯気が白く立ち込める岩場に湧いており、板囲いがしてある。一部に板屋根があるだけの露天風呂《ぶろ》だ。

「これはよいところです。落ち着いて養生ができそうです」

伊也は喜んだ。

「きっと姉上はお治りになられます」

初音も嬉《うれ》しげに言った。

宿をとると、その日から白い湯気に包まれた温泉に初音とともに入った。板囲いが温泉に入る者の姿を遠目から隠している。ふたりが岩に囲まれた温泉にいる間、左近は近くで警護をした。

まだ夕刻で空は明るく、湯に浸《つ》かると心身ともにほぐれていくかのようだった。湯の中で初音が伊也の腕をゆっくりともんだ。

「初音、すみませぬ」

伊也が礼を言うと、初音は頭《かぶり》を振って微笑した。

「何を言われるのです。姉上の弓矢はわが家に降りかかる邪を祓《はら》うのです。なんとしても力を取り戻していただかねばなりません」

そうですか、とうなずいた伊也はなにげなく言い添えた。

「わたくしは、もし千射祈願をなしとげられたら、父上にお願いして京へ上らせてもらおうかと思っています」

「京へ上られるのですか」

初音は驚いて伊也の腕をもんでいた手を止めた。

「はい、千射祈願がかなえば、次には京の三十三間堂で大矢数《おおやかず》を競うのが弓術を志す者の夢ですから。大矢数に挑み、できればそのまま京で暮らしたいのです」

伊也が京に上ろうと考えているのは、千射祈願をなしとげたら、もはや清四郎と会ってはならないと思っているからなのだろう。その思いが初音を悲しくさせた。

（身を引かねばならないのは、わたくしなのではないだろうか）

そんなことを思案しつつも、どうしたらいいのかわからず、初音は再び伊也の腕をゆっくりともんでいった。

左近が唄う催馬楽が聞こえてくる。

鷹山《たかやま》に　鷹を　鷹を放ちあげ
招《お》ぐをなみ　あはれ
招ぐをなみ　我がす　我がする時に
逢《あ》える夫《せな》かもや　逢える夫かもや

〈鷹山〉という唄だ。鷹狩で鷹を山に解き放ったが、呼び戻せない。どうして呼び戻せないのか。呼び戻したいと思って、まじないをかけた。その時に出逢った夫かもしれない。

逢える夫かもや
逢える夫かもや

左近の唄声が伊也と初音の胸にしみた。

二十三

翌日——

靫負は御用部屋に井口泰蔵を呼び出した。人払いしてふたりきりになると靫負は声をひそめて言った。

「有川の娘は小岩村の湯治場へ参ったぞ」

「ほう、どこぞ痛めておったのでございますか」

泰蔵は首をかしげて訊《き》いた。

「将左衛門は言わなかったが、おそらくそうであろう」

「しかし、間際になって湯治場へ行かねばならぬようでは千射祈願はなしとげられますまい。放っておかれてもよいのではありませぬか」

うかがうように泰蔵は靫負の顔を見た。

「いや、将左衛門は油断のならぬ男だ。あるいはそう思わせてわしらの手がおよばぬところへ娘を匿《かくま》う策やもしれぬ」

靫負は猜疑《さいぎ》心を募らせた表情で答えた。なるほど、そうかもしれませぬな、と泰蔵はつぶやいた。

「いずれにしても、有川の娘が山中の湯治場に行ったのは好都合だ。その方、小岩村まで出向いて始末して参れ」

泰蔵はうなずきながらも目を光らせた。

「娘はひとりではなかろうと存じますが、供の者はいかがいたしますか」

「新納左近が同行しておるようだ。邪魔立ていたすなら、構わぬゆえ、左近も同様にいたせ」

「構わぬのでございますか」

「この際、禍根は断っておくべきだ。渡辺様にもそれはおわかりいただけよう」

冷酷に言い切る靫負の顔を泰蔵はじっと見つめた。

「さればお役目、きっと果たしてご覧にいれまする」

「頼むぞ。されど、将左衛門のことだ、備えは十分にしておろう。構えて油断をいたすなよ」

「ご安心くださいませ。日頃から、有川様は弓矢を武士の誇りなどと申され、鉄砲衆を下に見ておられます。この際、われらの力を存分に思い知らせたく存じます。有川様は日頃の高言を悔やむこととなりましょう」

泰蔵は自信ありげに嘯《うそぶ》いた。


伊也が小岩村の湯治場に来て六日が過ぎた。

もはや、城下へ帰らねばならないが、痛めた腕の筋が治ったかどうかはわからない。

左近が心配して、

「腕の具合はいかがですか」

と訊くと、伊也は頭を振るだけだった。

「わかりませぬ。弓を引く時は自分でも思いがけないほどの力を出してしまいます。いったん癒《い》えたとしても、千射祈願を行えば、途中でまた痛むやもしれませぬ」

「それは困りますな」

左近は考え込む様子だったが、初音が、きっぱりとした口調で言った。

「いえ、姉上はすでに快復してきておられます」

伊也は初音の顔を見た。

「どうしてわかりますか」

「毎日、湯の中で姉上の腕をおもみしていますと、指の先に力が戻ってきておられるのがわかります。それまで血が通っていなかったようだったのが、いまではしなやかな力が感じられます」

初音は真剣な目を伊也に向けた。

「そうですか」

伊也は何度も指を折り曲げてみた。たしかに指は強張《こわば》らずに動くようだ、と得心がいった。

だが、湯治に来てからは湯に浸かるばかりで宿を出ることもなかった。それだけに体の力が落ちてしまったのではないかという懸念もあった。

「このまま屋敷に戻るわけにはいきません」

伊也は手を見つめながら考えにふけった。初音はそんな伊也を案じるように見つめている。

七日目の朝になって、伊也は左近に弓の稽古《けいこ》をしたいと申し出た。

「さようですか。しかし、このあたりで〈通し矢〉を射ることができる場所というと、どこがありましょうか」

左近は首をひねった。

「宿の者に訊いたところ、村はずれに桜の木が一本だけ立つ草原があるそうです。そこならばひと目も気にせず、心置きなく稽古ができるかと存じます」

伊也が言うと、左近も同意して、初音とともに三人で行くことになった。

宿を出て南へ道をたどると十町ほどのところに草原が広がっていた。宿で聞いた通り、草原の中央に桜の木が一本だけ立っている。

「なるほど、ここならば弓の稽古によろしいようですな」

左近がうなずくと、伊也はあたりを見回した。夏場だけに、あちらこちらにひとの腰ほどの高さまでのびた叢《くさむら》がある。だが、桜の木から十間ほどのところに立つと遮るものはなかった。

伊也は桜を見据えながら弓を構えた。矢を放とうとした時、

——伊也殿
左近が緊張した声をかけてきた。

振り向くと、左近は草原に通じる道へ目を凝らしている。黒い塗笠《ぬりがさ》をかぶり、袖《そで》なし羽織、裁着袴《たつつけばかま》姿の武士がゆっくりと近づいてくる。

左近が刀の柄《つか》に手をかけ身構えるうちに、そばまで来た武士は、塗笠を脱いで、

「新納殿、磯貝八十郎でござる」

と声をかけた。左近はほっとした表情になり刀から手を離した。伊也が一歩前に出て訊いた。

「磯貝様、何用でございますか」

八十郎はゆっくりとあたりを見回してから答えた。

「有川様から頼まれた事を果たしに参ったのでござる」

「父が磯貝様に何をお頼みしたのでございましょうか」

伊也が首をかしげると、八十郎は笑みを浮かべた。

「日置流雪荷派を大和流が守って欲しいとの仰せでござった」

「それはいかなることでございましょうか」

訝《いぶか》しげに問いかける伊也に八十郎は鋭い声で答えた。

「すでに囲まれており申す。火縄の臭いに気づかれぬのは不覚でござったぞ」

はっとして伊也はあたりを見回した。風にのって火縄の臭いが漂ってきた。左近は鋭い視線を八十郎に向けた。

「伊也殿を鉄砲衆が狙っておるのですか」

「さよう。井口泰蔵が渡辺家老の意を受けた三浦様に命じられて動いたのでござる。

それがしは井口が城下から姿を消したゆえ、追って参った」

八十郎は言い終えるや、塗笠を桜の木に向けて放り投げた。

ずだーん
ずだーん
雷鳴のような鉄砲の音が二発、たて続けに響いて、塗笠が空中で砕け散った。それとともに桜の幹の陰から手に鉄砲を提げた男が悠然と姿を現した。

鉄砲衆組頭の井口泰蔵だった。同時に草原に身を伏せていた男たちがのそりと立ち上がった。

いずれも鉄砲を構えた鉄砲衆の男たちだった。ふたりずつ組になり、三方から六人が伊也たちに狙いをつけていた。

伊也がさっと弓を構えると、八十郎が低い声で言った。

「伊也殿、矢を放たれてはなりませんぞ。いまはまだ腕の筋が完治しておるまい。戦えばまた筋を痛めてしまい、千射祈願ができなくなりますぞ」

「されど、このままにては、皆が鉄砲の餌食《えじき》になるだけでございます」

伊也は困惑して言った。八十郎はそれに構わず、泰蔵に向かって、

「井口泰蔵、話がある」

と呼びかけた。

「なんだ。われらはご家老より命じられたことを果たすだけだ。邪魔立ていたすとお主もそ奴らと同様に始末いたすぞ」

泰蔵は薄笑いを浮かべた。

「わしは有川様より伊也殿を守るよう頼まれた。鉄砲に勝るのは大和流の弓だけであると言われれば、断るわけにはいかぬゆえな」

平然と八十郎は告げた。

「世迷言《よまいごと》を言うな。弓矢は武士の表芸などと自慢げに言っておるが、鉄砲に弓矢が勝ることなどあるものか。それに、いまのお主は弓さえ手にしておらぬ。それでどうやってわしらの鉄砲と戦うつもりだ」

憎々しげに言う泰蔵に八十郎はつめたい視線を向け、

「わが弓矢はあれにある」

と言って道の方角を指差した。

「なにを馬鹿なことを――」

笑いかけた泰蔵は、はっとして口をつぐんだ。

馬蹄《ばてい》の響きが聞こえてくる。

騎馬が疾駆して近づいてきていた。馬上には武士が乗っている。しかも武士は弓を構えていた。馬上の武士に目を据えた泰蔵は、

「樋口清四郎か」

とうめいた。清四郎が伊也たちを守るため駆けつけたのは明らかだった。

「奴を撃てっ」

泰蔵が叫ぶと同時に、鉄砲衆は清四郎に狙いを定めて鉄砲を放った。鉄砲の音が草原に轟《とどろ》いた。だが、疾駆する馬上で大きく揺れる清四郎には当たらない。

清四郎は馬上で体を静止させて狙いを定めると、

ひょお

ひょお

と矢を続けざまに射かけた。矢は狙い過たずに鉄砲衆に突き刺さった。

馬蹄の音とともに馬が走り去ると、ひとり、またひとりと鉄砲衆が矢を首筋や胸に受けて倒れていく。

いったん伊也たちの前を通り過ぎた清四郎は、馬首をめぐらしてまた駆け戻ってくる。たちまち四人が矢を受けて倒れた。

またもや馬上で弓を構えた清四郎は馬腹を蹴《け》って馬を走らせる。それを見て、泰蔵が怒鳴った。

「馬だ。馬を狙え」

馬を倒せば清四郎は地面に下り、徒歩《かち》になるしかない。そうなれば鉄砲の威力が勝るのだ。

残った鉄砲衆ふたりが馬に向けて鉄砲を構えた時、八十郎が、

――御免

と声を発して伊也の弓と矢をとり、鉄砲衆に向かって射かけた。弓弦《ゆづる》の音が鳴って、矢は次々に鉄砲衆の背に刺さった。うわっ、と大きな悲鳴をあげたふたりは前のめりになって倒れた。

「おのれ――」

泰蔵が憤怒《ふんぬ》の表情で八十郎に鉄砲を向けた。八十郎は弓を抱えたまま横に跳んで地面に転がった。

ずだーん

鉄砲の音が響くのと清四郎の乗った馬が駆け抜けるのが同時だった。清四郎は十間ほど通り過ぎてから馬首をめぐらせた。

胸に矢を受けた泰蔵がゆっくりと仰向《あおむ》けに倒れる。地面に伏していた八十郎が身を起こして袴の泥を払った。

「磯貝様、お助けくださり、かたじけなく存じます」

伊也が駆け寄って礼を言うと八十郎は頭《かぶり》を振った。

「なんの、弓士としての誇りを守っただけのことでござる。礼を言うなら、わしに弓

士の誇りを思い起こさせた彼《か》の者に言われるがよい」

八十郎が指差すと、清四郎は馬上で伊也と目を見交わした。

伊也が声をかける間もなく清四郎は会釈して手綱を引き、馬の向きを変えてそのまま走り去った。

黙したまま、伊也は清四郎を見送っている。初音が伊也に寄り添って、

「樋口様はお見事な働きでございました」

と言うと、伊也はようやく微笑んだ。

「まことに、弓士の誉れとするお働きじゃ」

伊也の声に嬉《うれ》しげな響きがあった。

ふたりとわずかに離れた場所に立つ八十郎は、

「清四郎め、何も言わずに行きおったか」

とつぶやいて苦笑した。左近がそばに寄り、

「しかし、馬上からの弓射はまことに見事でございました」

と声をかけた。八十郎はうなずきながら答えた。

「馬上から弓を射かけるは、源平のころより武者の本領とするところでござる」

「武門のはなやぎとは、ただいまの樋口殿の武勇を言うのかもしれませんな」

左近は感嘆して言った。

日差しが強くなり、草原に倒れうめき声をあげている泰蔵ら鉄砲衆に、容赦なく照りつけていた。

二十四

伊也は屋敷に戻ると、小岩村で鉄砲衆に襲われたが八十郎と清四郎に助けられた、と将左衛門に話した。将左衛門は話を聞き終え、

「それで、鉄砲衆はいかがいたした」

と質《ただ》した。

「皆、深手ではございませんでしたが、命に別状はない模様でしたので、宿の者に介抱を頼んで参りました。幸い、湯治場でございますれば、出湯《いでゆ》が矢傷に効きましょう」

「さようか。井口泰蔵にしても表沙汰《おもてざた》にはできぬ話ゆえ、藩庁へはなんとか取り繕うであろう」

将左衛門は、鉄砲衆の話は決着したと言わんばかりに、膝《ひざ》を叩《たた》いた。

「それよりも、腕の筋はどうじゃ。千射祈願は果たせそうか」

将左衛門に訊《き》かれて、伊也は頭を横に振った。

「なんともわかりませぬ。小岩村にて少しは稽古《けいこ》をいたそうかと思いましたが、鉄砲

衆に邪魔をされました。磯貝様も、わたくしが鉄砲衆に矢を放つことはお止めになりました」

「それはやむを得ぬことだ。わしがその場にいてもやはりそうしたであろう。なまじなことをして筋を痛めては何にもならぬ」

「では、千射祈願まで何もいたさずにおらねばなりませぬか」

将左衛門は腕を組んで、押し殺したような声で言った。

「それしかあるまい」

「正直に申せば、わたくしは心もとない気がいたしております」

伊也は不安げな表情になった。

「武芸とはもともとさようなものだ。心落ち着かず、恐れ慄《おのの》く心持ちでいるからこそ、無心になれる。おのれを過信する者は無心にいたらず、奥義を究めることはかなわぬと、知っておくことだ」

厳しく将左衛門に諭されて、伊也はうつむいた。

しばらくして顔をあげた伊也は、

「父上、もし、千射祈願をなしとげた暁にはお許しいただきたいことがございますが、申し上げてもよろしゅうございましょうか」

と必死な思いを込めて言った。

「なんだ、自信がないなどと申しながら、なしとげた後のことを口にするのか」

将左衛門は苦笑いした。

「いけませぬか」

伊也は悲しげに将左衛門を見つめる。

「いや、よい。言うてみよ。果たさねばならぬ役目をしてのけたからには、得たいもののもあろうゆえな」

「千射祈願をなしたるうえは、京に上り、三十三間堂の大矢数に挑みたいと思うているのでございます」

「三十三間堂の大矢数だと」

将左衛門は戸惑った顔をした。弓術を究めようとする者が大矢数に挑もうとするのは当然ではあるが、かつて女子でそれをなそうとした者はいない。おそらく三十三間堂で矢を射ることすら許されないのではないか。

それを承知しているはずの伊也が、大矢数のことを口にしたのが将左衛門には不審だった。

「伊也、正直に申せ。大矢数をなすとは口実であろう。なぜ、京に上りたいのだ」

将左衛門が目を鋭くすると、伊也はまたうなだれた。そしてうつむいたまま、絞り出すような声で言った。

「申し上げるのも憚《はばか》られることではございますが、千射祈願をなしたる後は、樋口様と初音の婚礼となりましょう。さすれば、わたくしは京へ上りたいのでございます。国許《くにもと》にいてはならぬと思い定めております」

将左衛門は眉《まゆ》をひそめた。

伊也の清四郎への想いには、将左衛門も気づいていた。しかし武家の間で交わした縁組は、取り消せるものではない。伊也の惑いはわからぬではないが、何をいまさら言うのかと、将左衛門は腹立たしく思った。

「愚か者、さような話にわしが耳を貸すと思うたか。そなたは千射祈願を果たすことだけを考えておればよい。さような邪念は捨てよ」

厳しく言われて、伊也は顔をあげた。

「父上の仰せはもっともと存じます。されど、これだけは申し上げます。ひとを想う心は邪《よこしま》ではございません」

「なんじゃと」

「わたくしの想いは一筋の矢のごとく、一点の濁りも歪《ゆが》みもない直《す》ぐなるものにございます。さすれば、どれほどお叱りを被ろうとも、わたくしはおのれの想いを恥じはいたしませぬ」

伊也は言い切ると、手をつかえ、頭を下げてから将左衛門の居室を出た。

「伊也め、勝手をほざきおって」

将左衛門が苦虫を噛《か》み潰《つぶ》したような顔で端坐《たんざ》していると、よろしゅうござるか、と左近が廊下から声をかけた。

「入られませ」

将左衛門の答えを聞いた左近が襖《ふすま》を開けて入ってきた。左近が前に座ると、将左衛門は苦い顔のままで訊いた。

「何用でござろうか」

左近は微笑を浮かべ、ちらりと廊下に視線を走らせた。伊也が出ていく時の様子を左近は目にしていた。

「伊也殿には何やら憂いを抱いておられるご様子でしたが、いかがなされました」

「千射祈願をなしとげたなら、京に上って三十三間堂の大矢数をいたしたい、などと途方もないことを申しますゆえ、叱り申した。大事を前に夢のようなことを申すとは度し難い。伊也にはいささか弓を仕込んできたつもりでござったが、それがしの教えようがいたらなかったのでござろう」

憤懣《ふんまん》やるかたない、という表情で話す将左衛門の言葉に左近はやわらかく応じた。

「伊也殿は辛《つら》い心持ちを抱いておられるのでございましょう。大事の前におのれの心を見定めようとされておるだけのことではありますまいか」

「さようなものでござろうかな。されど、千射祈願を前におのれの心ひとつ始末がつけられぬようでは案じられます。武の心からはるかに遠いところにおるようでござる」

将左衛門はため息をついた。左近は微笑を浮かべて言い添えた。

「いや、それが女人の武の心ではございますまいか」

左近の言葉に将左衛門は怪訝《けげん》な顔をした。

「異なことを仰せになる。それがしも弓術を伝える者でござれば、武の心をわきまえておるつもりです。新納殿が言われる女人の武の心とは、いかなるものでござろう」

左近はうなずいて膝を正した。

「されば、男子の武の心は、仏で申すならば不動明王でありましょう。邪悪な心を持つ者を利剣にて正す、破邪顕正《はじやけんしよう》こそ不動明王のなすところでしょう」

「まことにさように存ずるが」

将左衛門はうなずきながら左近の言葉を待った。

「されど女人の武の心は愛染《あいぜん》明王のように思えます。愛染明王は、ひとの煩悩そのものですら仏心に通じることを教える仏だということです」

左近は丁寧に言葉を継いだ。

「そのお姿は全身が赤く、頭上に獅子《しし》冠をいただき、六臂《ろつぴ》のうちふたつの手に弓と矢を持つとされます。女人はひとを愛《いと》おしむがゆえに戦います。煩悩が悟りへ通じておるという愛染明王こそ、女人の武の心ではありますまいか」

左近の話に将左衛門は黙って耳を傾けていたが、

「さようなものでござろうか」

と不承不承にうなずいた。左近の話には納得するものがあったが、だからといって伊也の想いを許すわけにはいかない。

「ご存じでございましょうか。高野山金剛峯寺《こうやさんこんごうぶじ》には、天に向かって弓を射る愛染明王の姿を伝えた〈天弓愛染明王《てんきゅう》〉の像が伝えられております」

「ほう、それは存じませなんだ」

「伊也殿は樋口清四郎殿との立ち合いの際、清四郎殿を傷つけまいと、天に向かって矢を放たれた。まさに〈天弓愛染明王〉であったと存じます」

左近に諭すように言われて、将左衛門は苦笑した。わが娘を〈天弓愛染明王〉とまで言われては返事のしようもなかった。

「〈天弓愛染明王〉とは畏《おそ》れ多いことでござる」

左近は白い歯を見せて笑った後、

「さて、伊也殿にも千射祈願の後の願いがあるとのことでございますが、実はそれがしにも願いがあるのです。お聞き届けいただけましょうや」

とさりげなく言った。

「ほう、新納殿の願いとはなんでござろうか」

将左衛門は左近の顔を見据えた。

「それがしは有川殿に頼まれて殿に諫言《かんげん》を仕《つかまつ》った。それがいかなることになるやはまだわかりませぬが、諫言したうえは、お願いいたしたきことができたのでござる」

左近は真剣な眼差《まなざ》しで将左衛門を見つめた。

「いかにももっともと存ずる。それがしにできることならば、お聞き届けいたしますぞ」

将左衛門がはっきりと答えると、左近は、されば申し上げまする、と言ってから話し始めた。

左近の話を聞くうちに、将左衛門の表情が引き締まっていく。やがて将左衛門の額にじっとりと汗が浮かんだ。

千射祈願が行われる日となった。

朝から蒸し暑く、風にも熱がこもっていた。

伊也はこの日までついに弓矢にふれることなく過ごした。そのことに不安はあったが、稽古《けいこ》などせずに挑むのが武門の戦いだと覚悟を定めていた。

朝餉《あさげ》に白粥《しらがゆ》と梅干だけを食し、男装の衣服をつけると、吉江に居室で髷《まげ》を結ってもらった。

吉江は伊也の黒髪を丁寧に梳《す》いてから後ろにたらす髷を結い上げた。その姿はいつも見慣れたものだったが、今朝は特に凛々《りり》しかった。

「母上、お世話をかけました」

伊也は鏡をのぞいた後、手をつかえて頭を下げ、吉江に礼を言った。千射祈願が成就できなければ、生きて戻らぬ覚悟を定めていた。

「そなたというひとは――」

吉江は何か言いかけたが、声を詰まらせた。涙を見せては不吉だと思い、必死にこらえている。

両刀をたばさみ、玄関に出ると、きょうはともに八幡《はちまん》神社で千射祈願を見届ける左近と初音が待ち受けていた。

将左衛門はすでに登城しており、晴家の供をして八幡神社に向かう。伊也は左近に頭を下げた。

「きょうは、お見届けくださるとのこと、ありがたく存じます」

左近は微笑して答えた。

「なんの、伊也殿はわれらの願いを込めて矢を射られるのです。見届けるのは当然のことにございます」

伊也は初音と目を見交わし、うなずいて式台から土間に下りた。振り向いて吉江に向かい、

「行って参りまする」

と挨拶《あいさつ》した。吉江はかろうじて笑みを浮かべた。

「大願成就を祈っております」

伊也は言葉を発せず、目に思いを込めて吉江を見つめた後、踵《きびす》を返し、背を向けた。

左近と初音、弓矢を抱えた家僕の吉助が後に続く。

伊也は落ち着いた足取りで門をくぐった。


八幡神社では、晴家の御座所がすでに設《しつら》えられていた。

この日は夏の大祭でもあり、例年通り、千射祈願は百姓、町人の観覧も許され、境内には多くのひとが詰めかけていた。

午《うま》ノ刻（正午ごろ）になって、晴家が御座所に入った。主席家老の丹生帯刀がこの日ばかりは病を押して出てきた。さらに兵部や靫負、将左衛門ら重臣たちが居並んだ。

左近が〈矢留め〉を行った際、晴家との間でどのような話をしたのかを、重臣たちは皆、漏れ聞いていた。

もし、伊也が千射祈願をなしとげれば晴家は左近の諫言を聞き入れ、行いを改めるだろう、さらには将左衛門と左近を重く用いるかもしれない。そうなれば、晴家の側近として力を振るってきた兵部が権勢の座から滑り落ちる。

藩の行く末を決めることにもなりかねないだけに、誰もが固唾《かたず》を呑《の》む思いで見守ろうとしていた。

千射祈願は午ノ刻から翌日の昼まで一昼夜かけて行われる。

晴家は毎年、開始のおりだけを見物するのだが、今年は最後まで見届けるという達しが出ていた。それだけに境内に詰めかけたひとびとも熱気をはらんでいる。

裃《かみしも》姿の八十郎が進み出て、

「ただいまより、千射祈願を仕《つかまつ》ります」

と告げた後、白い幔幕《まんまく》が張られた控え所に向かって、

――出ませい
と声をかけた。これに応じて、白鉢巻をして白襷《しろだすき》をかけた若衆姿の伊也が進み出ると、見物の藩士や百姓、町人たちの間から、大きなどよめきがもれた。百姓や町人の中には、

「弓矢小町だ」

「評判通りの美しさじゃないか」

と囁《ささや》きかわす者もいた。弓矢小町と城下でも噂されてきた伊也が千射祈願を行うことは、ひとびとを興奮させていた。

左近と初音は家臣が連なる見物席の端から伊也を見守った。

「伊也殿は落ち着いておられますぞ」

左近が傍らの初音に向かって言う。初音は一心な思いを込めて伊也を見つめていた。

「姉上はきっとなしとげられます」

初音の声は、ひとびとのざわめきの中でも、はっきり伊也の耳に届くかのようだった。

伊也は晴家の前に出ると片膝《かたひざ》をついて頭を下げた。晴家はまじまじと伊也を見つめてから、

「そなたの弓矢、しかと見せてもらうぞ」

と声をかけた。その傍らで兵部が伊也に憎々しげな視線を送り、将左衛門は無表情に控えている。

八十郎はさらに声を発した。

「介添えは樋口清四郎が務めまする」

白襷をかけた清四郎が緊張した面持ちで控え所から出てきた。伊也の斜め後ろに片膝をついて控える。兵部が晴家に向かって、

「殿、わたくしより、樋口に申しておきたいことがございます。お許しいただけましょうや」

と言上した。

晴家が、許す、と短く答えると兵部は清四郎に顔を向けた。

「樋口清四郎、そなた謹慎の身でありながら、ひそかに暴慢の振舞いをなしておるとの声がわしの耳に届いておる。されば、本日の千射祈願の後、きっと糾問いたすゆえ、さよう心得よ」

兵部の屋敷に忍び入り、〈影矢〉を射かけたことや、小岩村で鉄砲衆から伊也を守ったことをあげつらおうというのだろう。厳しい兵部の言葉にも、清四郎は顔色を変えずに頭を下げ、

「恐れ入り奉ります。しかと承ってございます」

と張りのある声で答えた。

兵部が無表情に口を閉ざすと、八十郎が手にした白扇をあげ、

「されば、両人、堂形《どうがた》にあがれ」

と告げた。伊也は吉助から弓を受け取り、堂形に向かった。清四郎も矢筒を抱えてこれに続いた。堂形にあがった伊也は、あらためて、射通さねばならない長さ六十間の堂の先に広がる空間を、

仕切られ、簡素な屋根がかけられている。

──遠い

と身が引き締まる思いで見つめた。京の三十三間堂を模した堂形は板囲いで片側が仕切られ、簡素な屋根がかけられている。

百射を行った時はさほどには感じなかったが、いざ、千射を行うと思えば、気の遠くなるほどの長さに思えた。

伊也は鹿皮の弓懸《ゆがけ》をはめ、ゆっくりと弓をとった。背後に控えた清四郎が、声を低めて囁くように言った。

「伊也殿なれば、必ずなせることでござる。心静かになされよ。仕損じたならば、命を捨てる覚悟でござろうが、おひとりでは決していかせぬ。それがしもともに参りまするぞ」

清四郎の声を聞いて、伊也は波立ち始めていた胸のうちが鎮まるのを感じた。

清四郎がそばにいて、自分を見届けてくれるのが、心強かった。もし、仕損じた時は、ともに死のうとまで言われたことで、胸が熱くなっていた。

(わたくしはひとりではない。清四郎様とともに戦うのだ)

清四郎を死なせてはならない、何としてもなしとげねばならない。

伊也の胸中に勇気が凜々《りんりん》と湧いてきた。いかなる難敵であろうとも怖くはない、と自分に言い聞かせた。

八十郎の合図によって、
どーん
と太鼓が打ち鳴らされた。伊也は清四郎が差し出した矢をつがえて、弓を構えた。
弓弦《ゆづる》を満月のように引き絞る。
その瞬間、ひじにかすかな痛みを覚えた。

二十五

〈通し矢〉は最初の一矢を放つ時に、もっとも緊張する。その日のおのれの体の具合や心の有り様が一矢に表れるからだ。

もし、一矢を放って、何事か不吉なものを感じたならば、通し矢は達成し難いと思わねばならない。そう伊也は自分に言い聞かせた。わずかに感じたひじの痛みも、もし心が定まれば消えるはずだ。

伊也は矢を届かせねばならない空間だけを真剣に見つめた。

矢が通りさえすればいいのだ、とは伊也は思わない。矢には正しく飛ぶべき筋道がある。それから大きくはずれるようでは、射《い》たのではなく、飛んだだけになる。

ただ飛んだだけの矢は、戦場では何物も射貫《いぬ》くことなく地面に落ちる〈落とし矢〉

となるだろう。射るならば、まことの矢を射たい。
伊也はそう念じつつ、第一矢を放った。
ひょお
矢は何のためらいもなく一直線に飛んでいく。伊也は矢の行方を見定めはしなかった。どのように飛んだか、手ごたえだけでわかっている。
ひじの痛みは消えていた。
（やはり、心だ——）
伊也は自らの弓術に自信を深めつつ、黙って手を差し出した。清四郎がすかさず二の矢を渡してくれた。
清四郎の念が矢に込められているのが、手にした瞬間にわかる。手の中で矢がわずかに震えるのだ。的に向かって早く飛ぼうと勇み立つ馬のように……。その時、
どーん
と太鼓の音が響いた。
——一矢なり
脇にひかえた小姓が甲高い声で告げた。千矢まであのように張り上げたら声がつぶれるだろうに、と伊也は余裕を持って考えた。
すでに二の矢を弓につがえている。迷いなく、きりりと弓弦を引き絞っていく。

風が吹く。

気持のいい風だ。伊也はそう思いつつ矢を放った。行方を見ず、また手を差し出す。

清四郎が矢を渡してくれる。

まだ、先は長い、と伊也は胸の中でつぶやいた。途方もなく長い旅に出たのだ、と伊也は思った。しかし、清四郎がそばにいてくれる旅ならば、どれほど苦しく困難でもまっとうすることができるに違いない。

（三千矢でも五千矢でも射てみせる）

伊也は、昂揚《こうよう》してうっすらと紅潮した顔で矢を放った。もはや、太鼓の音も小姓が矢数を唱える声も、耳に入らない。

無心の境地に伊也は入っていた。

境内に杭《くい》が打たれて仕切られた見物席で、左近と初音は伊也が弓を射る様を見守っていた。

「伊也殿は落ち着いておられますな」

「はい、さようです。樋口様がお助けくださり、ありがたいことでございます。姉も心丈夫でしょう」

初音はかすかに羨望《せんぼう》の混じった声で答えた。

左近は微笑した。

「初音殿、ひとはいずれ、自らが居るべき場所に居るようになります。樋口殿の居るべき場所がどこなのかは、この千射祈願の後にわかりましょう」

左近の言葉は初音には悲しく聞こえた。

伊也は、千射祈願が終われば、京に上り、三十三間堂の通し矢に挑みたいと将左衛門に願った。

千射祈願の後、清四郎と初音の婚儀が執り行われる国許《くにもと》にはいたくないのだ、ということが初音にはわかっていた。

だが、伊也が京に上り、弓矢だけを縁《よすが》に生きていくということはあってはならない、と初音は思う。何よりも、千射祈願で矢を放つ伊也とそれを助ける清四郎の呼吸が合っていることは遠目にもわかる。

ふたりの動作には何のためらいも迷いもない、見ていても美しいと、ため息が出る思いだ。

それとともに、この千射祈願をふたりは心をひとつにしてなしとげるのだ、と思うと、初音は自分の心に目をそむけても嫉《ねた》みの気持があるのを感じないではいられない。

伊也が、千射祈願をなした後、国許を去ろうと悲しい決意を秘めていることがわかりつつも、初音の胸はざわめいてしまう。

「新納様、わたくしは恥ずかしゅうございます」

初音はぽつりとつぶやいた。左近は初音を振り向いて訊《き》いた。

「恥ずかしいとは、何がでしょうか」

「あのように懸命に千射祈願をなしとげようとしている姉上をわたくしは嫉んでいるのです」

「さような嫉みなら、誰にもあるのではありますまいか。たとえば、わたしにも嫉みはあるのですから」

左近は淡々と言った。初音は驚いて左近を見た。左近は学問に優れ、さらには〈矢留め〉を行うほど武芸にも長《た》けている、ひとを嫉むなどあり得ないだろう、と思った。

「新納様のような方が、誰を嫉まれるのでしょうか」

初音が目を丸くして訊くと、左近は微笑んだ。

「たとえば、皆で湯治に赴いた小岩村にて鉄砲衆に襲われたおり、われらを助けるため騎馬にて駆けつけてくださった樋口殿が見せた馬上からの弓射は、まさに武門の華とも申すべきはなやぎがござった。武士たる者、嫉まずにはおられません」

「そのような……。新納様こそ文武に秀でた武士の鑑《かがみ》だと、父は申しておりました。樋口様とは違うはなやぎをお持ちではございませんか」

「そうですかな」

左近は悪戯《いたずら》っぽい目を初音に向けた。

「はい、火には火の、水には水の良さがあるかと存じます。ひとはそれぞれに果たさねばならない務めがあるのですから、比べることはできないと思います」

初音は懸命になって説いた。左近は深々とうなずいた。

「火には火の、水には水の、そして風には風の役目があるのでしょう。初音殿はまるで、春を告げる梅の香を伝える風のようだ。ひとを幸せな気持にさせ、さらに何事かをなそうと奮い立たせます」

「わたくしはそのような――」

思いがけず左近に褒められて、初音は頬を染めた。

「いや、初音殿が申されたように、ひとはそれぞれが果たさねばならぬ務めがあり、居るべき場所があるのです。そのことが、この千射祈願の後、おのれの胸にもわかるのではないかとわたしは思っています」

左近は思い入れを込めて言った。

初音には、左近が何を言おうとしているのかわからなかったが、ふと胸のうちを風が吹き抜けたような気がした。

思い惑わず、左近を信じればよい。なぜかそう思えた。

どーん

——百矢なり

伊也は百矢をさほど苦しまずになしとげた。すると、清四郎が声をかけた。

「伊也殿、千射祈願においては途中、休むことは許されております。ここは暫時、休まれるがよい」

はい、と素直にうなずいた伊也は弓を置いて座った。傍らの懐紙で額の汗をぬぐう。百射まで難なく射ることができて、ほっとした気持になっていた。

「伊也殿、襷《たすき》が——」

清四郎は低い声で言った。伊也ははっとした。襷がゆるみ、ほどけかけていた。

「これは、不調法を。気がつきませんでした」

「〈通し矢〉をする時は、体に思わぬ力が入ります。そのため着ているものが乱れ、風にあおられて矢や弦にふれてしまうこともあります。お気をつけられよ」

「ご教示、かたじけのうございます」

伊也がかしこまって頭を下げると、いや、なにほどのことでもござらん、と言った清四郎は竹筒を差し出した。

「これは——」

訝《いぶか》しむ伊也に清四郎は、のどを潤されよ、渇きは思わぬ心気の乱れとなります、と言った。

「頂戴《ちょうだい》いたします」

水が入っているのだろうと思って竹筒を口にした伊也は思わず、

「甘い――」

とつぶやいて、清四郎の顔を見た。清四郎は笑みを浮かべた。

「水に砂糖が入っております。疲れがとれるはずでござる」

伊也が嬉《うれ》しげに竹筒の水を飲むのを見ながら、清四郎は言葉を添えた。

「伊也殿は百射に慣れておられるはずゆえ、今後は百射に一度、休みをとりましょう。なに、百射を十回、行うだけと思えばよろしいのです」

「さようですね」

伊也は清四郎の励ましに目を輝かせた。

「五百射までは、伊也殿は何事もなくなされましょう。しかし、五百射を超える通し矢の稽古《けいこ》は、これまでされたことはござるまい」

「その通りでございます」

伊也は真剣な表情になった。千射祈願を行うにあたって、不安だったのはそのことだった。

「されば、真剣勝負の覚悟でやるしかござらん。倒すか、倒されるか、ふたつにひとつでござるが、武門なれば後には退《ひ》け申さぬ」

「はい、戦場に臨む思いにて仕《つかま》つります」

きっぱりとした伊也の言葉を清四郎は嬉しげに聞いた。

「されば、ともに戦いましょうぞ」

清四郎の言葉を聞いて伊也は大きくうなずき、また弓を手にとった。清四郎から矢を受け取ろうとして、伊也はふと空を見上げた。いつの間にか黒雲が浮かんでいた。

雨になるかもしれない、と伊也は不安を覚えた。

雨中で矢を射るのは難しい。

堂形に屋根はあるが、横殴りの雨が降れば矢羽が濡《ぬ》れ、真っ直ぐには飛ばないだろう。千射祈願などできるはずがなかった。

しかし、晴家は雨による中断は認めても、日延べは許さないのではないか。もし、雨が降り出せば、そこで千射祈願は断たれるかもしれない。

(急がねば)

伊也は矢をつがえて弓を引き絞った。鬢《びん》のほつれ毛をなぶるように、ゆるやかな風が吹いている。

八十郎は伊也の様子から目を離さずに、晴家をはじめ重臣たちが居並ぶ桟敷《さじき》の端に

控えた将左衛門へと近づいた。堂形を見つめながら、

「娘御はよく日置流雪荷派の奥義を会得しておられますな」

と八十郎は声をかけた。

「恐れ入る。されど、まだまだ未熟者にて、千射をなしとげられるかどうか」

将左衛門は苦笑して低い声で答えた。八十郎は鋭い視線を伊也に注いだまま、

「いや、千射をなしとげる技量は十分と見ました。後は体の力と、それに天運でござろうか」

「天運でござるか」

将左衛門は眉《まゆ》をひそめた。

「さよう、先ほどから、ゆるやかに風が吹いております。その風にのって雨の匂いがいたして参った」

「雨に見舞われましょうかな」

将左衛門が訊くと、八十郎はにやりと笑った。

「それがしの鼻はさように教えてくれております。もし降り出したならば、殿に日延べのことを願い出られたがよろしかろう」

「さて、殿は本日、千射祈願がなしとげられるかどうかに執心を持たれておるご様子でござる。日延べはお許しくださらぬでしょう」

将左衛門は困惑した口調で言った。

「ならば、後は雨が降らぬことを祈るしかござらんな」

八十郎はさりげなく言うと、もとの主審の位置へと戻っていった。

将左衛門は空を見上げた。上空では、風が強くなっているようだ。雲の動きがしだいに速くなりつつあった。

二十六

三百射に近づいても、伊也の矢の勢いは衰えない。

その技はますます冴《さ》えてくるようで、見物のひとびとは、伊也の弓射を美しい舞を見るかのように、ため息をついて眺めた。

清四郎は空模様を案じつつ、伊也の介添えをしていた。ふと見ると、八十郎が白扇を胸の前で広げて上下に動かしている。

それを見て清四郎は空を見上げた。黒雲が分厚く重なり合っているようだ。風も出てきている。

（いかんな、走り雨が来るかもしれぬ）

もし、雨が降り、風が強まれば〈通し矢〉の妨げになる。怖いのは、射た瞬間と雨が降り出すのが重なる時だ。

たとえ、どのような理由があれ、〈通し矢〉が届かなければ、千射祈願は失敗となる。伊也の決死の思いでの弓射も無駄になってしまうのだ。

それだけはさせたくない、と伊也の背中を見ながら清四郎は考えていた。

どーん
――三百矢なり
小姓がかすれた声で叫んだ。伊也は何事もなかったかのように、すでに次の矢を弓につがえていた。

伊也が弓を引き絞った時、清四郎はかすかに雨の匂いを嗅《か》いだ。

(いかん、雨だ――)

清四郎が矢を射るのを止めようとした瞬間、雨が降り出し、風が吹いた。伊也は動きを止めず、矢を放った。

驟雨《しゅうう》だった。たちまち、境内の地面に水飛沫《みずしぶき》があがり、あたりは真っ白になった。

さすがに伊也は行方を見定めた。堂形にも雨は吹き込んでくる、しかし、矢は一直線の筋道を違《たが》えることなく飛んでいき、堂形から抜けた。

どーん
雨の音にかき消されながらも、太鼓が鳴り、小姓がひと際、声を張り上げた。その声を聞いてから、伊也は堂形の脇で正座した。

雨が降る間は、〈通し矢〉を休むつもりだ。矢と弓に雨がかからぬよう、布でくるんで板壁の隅に置いた清四郎が、後ろに控えて同じように正座した。

千射祈願を行おうとする者は、いかなる理由があろうと堂形から途中で下りることを許されない。

堂形を下りることは、すなわち千射祈願を断念することだった。

雨はさらに降りしきり、見物客は逃げまどって、境内の大楠《おおくすのき》の下や本殿の庇《ひさし》の下に雨宿りした。一方、晴家らは宮司《ぐうじ》により神社本殿へと招じ入れられた。

本殿で床几《しょうぎ》に腰かけた晴家は、小姓から着替えを勧められても、

「よい。走り雨だ。間もなく止むであろう」

と応じなかった。兵部が進み出て、晴家の顔を仰ぎ見た。

「されど、かように突然雨が降ったのは、千射祈願を止めよとの神意ではございますまいか。これ以上、彼《か》の女子に弓を射させては神慮に背くことになるやもしれませぬ」

「何を言う。まことに神意であれば、そもそも千射祈願の〈通し矢〉が達せず、落ちるであろう。これまで、矢を射通せたのは、神のご加護があったればこそだ」

「仰せの通りではございまするが」

兵部が顔をしかめると、晴家は淡々として告げた。

「兵部、わしは将左衛門の娘が千射祈願をなしとげることを望んでおるわけではないぞ。いや、できぬであろうと思っている。だからこそ、〈通し矢〉を見届けたいのだ。あの者があがき、苦しみ、しかも願うことがかなわぬ様をな。誰もがさような思いで生きておるのだ。そのことをあの娘に思い知らせてやりたいと思っておるのだ」

兵部は聞きながら、思わず、粛然となった。晴家が伊也の千射祈願に何事かを賭《か》けようとしているのだ、と悟った。

(いままでの殿とは何かが変わられたようだ)

それが伊也の凄絶《せいぜつ》な千射祈願の弓射によってもたらされたものであることは兵部にもわかっていた。

雨はなおも続いている。

堂形の伊也と清四郎は身じろぎもせず座り続けていた。

雨は容赦なく吹きつけ、ふたりとも頭から足の先までぐっしょりと濡れていた。

清四郎が後ろから伊也に声をかけた。

「伊也殿、指先を冷やさぬ方がよい、袴《はかま》に差し込み、温められよ」

「はい」

伊也は素直に、言われたように指先を紐《ひも》の間から袴に差し込んだ。つめたくなっていた指先に、血が通い出す感覚が伊也をほっとさせた。伊也が礼を言おうとした時、清四郎が言葉を継いだ。

「雨で体が冷えるのは案じられますが、千射をなしとげるには、ちょうどよい頃合いでの休みでござった。晴れて参ったならば、初心に戻って射られよ。さすればすぐに五百は超えるでありましょう」

清四郎の励ましの言葉に伊也は頭を下げた。そして少し迷った後、雨を見つめながら話し始めた。

「かようなことは申すべきではないとわかっておりますが、神域にて樋口様とふたりでいられることなど二度とありますまいゆえ、神に御照覧いただく思いにてお話しいたしとう存じます」

「伊也殿――」

清四郎が止めようとしたが、伊也は構わず続けた。

雨の音が響いている。

「この堂形にて初めて百射を競いし時より、わたくしは樋口様をお慕い申しておりました。されど、樋口様と初音の縁組がととのいましたからには、諦《あきら》めるしかないと心得ておりました。しかし、百射のため樋口様に稽古《けいこ》をつけていただいたことから、あらぬ噂を立てられ、樋口様にはさぞやご無念な思いをされたことと存じます」

「伊也殿、それがしは何もさようなことは思いませんでしたぞ」

清四郎が雨に濡《ぬ》れた顔を伊也に向けて言った。伊也はやさしげな表情を浮かべてこれに答えた。

「たとえ樋口様が思われずとも、家中の方々にさように思われては、わたくしは口惜しゅうございました。それゆえ、樋口様との立ち合いを望んだのですが、却《かえ》って樋口様をさらなる苦境に追いやることになり、申し訳なく存じております」

「それもこれも伊也殿のせいではありません。有川様や新納殿、それがしが、いずれは避けては通れぬ道であったのです」

伊也はため息をつき、笑みを浮かべた。

「樋口様のおやさしさが身に沁《し》みます。ご迷惑をおかけしたわたくしのために千射祈願を介添えしてくださって、まことにありがたく存じました。わたくしはただいまのこの時を大切に、これからひとりにて生きて参る所存でございます」

清四郎が落ち着いた口調で言葉を発した。

「伊也殿、お気持をお聞かせくださり、ありがたく存ずる。されば、それがしも胸のうちを語りましょう」

「わたくしは、お聞かせいただかずにおりたいと存じます」

伊也は頭《かぶり》を振って言った。しかし清四郎は、それに構わず言葉を継いだ。

「それがしの伊也殿への想いは立ち合いをいたしてからのことかもしれません。弓矢で狙った伊也殿の姿はまこと天女と見紛《みまが》う気高さでござった」

清四郎は降り続く雨を見つめた。

わずかに空から光が差して、雨が白く輝いて見える。

「かような時を持てて、わたくしは幸せでございました」

伊也がつぶやくように言うと、清四郎は膝《ひざ》を乗り出した。

「千射祈願をなしたる後、それがしは有川様に初音殿との縁組を解消いたし、あらためて伊也殿を妻に迎えたいと願い出るつもりでおります」

伊也は頭を振って、冷静に答えた。

「それはおやめください。樋口様が家中のひとから謗《そし》られ、初音が悲しむだけのことでございます」

「とは申されても、それがしの想いは——」

「初音の悲しみはわたくしの悲しみでもあります。わたくしは、初音の悲しみを承知で幸せになることなどできませぬ」

伊也はきっぱりと言った。

「それほどまでに初音殿のことを大事に思われるのはわかり申す。されど、自らのことも大事にいたさねばなりませぬぞ」

「ひとは思い通りには生きられないのではないでしょうか。なればこそ、せめて矢を、揺らぐことなく真っ直ぐに射たいと念じております」

「されど――」

清四郎がなおも言い募ろうとした時、雨が小降りになった。薄日が差してくる。見上げると、雲の切れ間から青空がのぞいていた。

風で雲が吹き払われていくようだ。広場に八十郎が進み出て、

「いざ、千射祈願を続けよ」

と大声で告げて扇子を広げ、合図した。

どーん
再び太鼓が打ち鳴らされた。

「樋口様、わたくしはいまだ、千射祈願を果たしておりませんのに、千射祈願成就の後の話をしては、神罰が下りましょう」

伊也は明るく言った。清四郎は、板壁の隅に置いた布から弓を取り出して伊也に渡した。

「いかにも、すべては大願成就してからのことにござる」

弓を構えた伊也は雑念を捨てた。

清四郎の言葉通り、雨で体を休めることができた伊也は、その後、五百射まで何事もなく射続けた。

すでに夕刻になって、日が落ちかけている。

どーん
——五百矢なり
ほとんどかすれて聞き取り難い小姓の声が五百矢を告げた。

伊也は自信を持って次の矢を受け取ろうとした。しかし、手の内にしたはずの矢がぽろりと床に落ちた。

「ご無礼いたした」

清四郎があわてて矢を拾い、渡そうとしながら伊也の掌《てのひら》に素早く目を走らせた。

「しまった。掌を痛めましたぞ」

清四郎はうめくように言った。言われた伊也は自分の掌を見て息を呑《の》んだ。血膨れしたように真っ赤になっている。

「血豆が破れ、血の塊ができております」

清四郎は伊也を座らせた。そして革の弓懸《ゆがけ》をゆっくりとはずす。弓懸にも血が滲《にじ》んでいるのを見て、清四郎は眉《まゆ》をひそめた。

「ご無礼いたす」

 清四郎は伊也に告げると小柄を取り出して、掌をさっと薄く裂いた。ためらわずに口を寄せて掌の血の塊を吸って吐き出した。女人の手に口をつけながら、いささかもみだらな風のない挙措だった。

 晴家を始め、見物のひとびとは伊也に起きた異変を察して、清四郎の手の動きを見守った。

　町人や百姓の間からは、

「まだ、五百だぞ。手に怪我をしたらこれ以上は無理だろう」

「かわいそうに弓矢小町もこれまでか」

「もうやめた方がいい」

と囁《ささや》き交わす声がした。

　初音は伊也を案じていた。

「姉上は大丈夫でしょうか」

「樋口殿が助けてくだされましょう」

　慰めるように言いながら左近も表情を曇らせていた。いかに伊也が気丈であろうとも、傷を負っては弓を引くことはできないのではないか。

　初音は伊也の様子を見て、

「姉上、ご無事で――」

とつぶやいて涙ぐんだ。

桟敷席《さじき》で晴家は将左衛門に向かって、

「そなたの娘は手に怪我をいたしたようじゃ。あれで矢を射ることができるのか」

と問うた。将左衛門は頭を下げて言上した。

「戦場なれば、怪我をしたゆえ射なくともよい、という仰せはござりますまい。武道はおのれのすべてを賭《か》けて戦うものでございます。怪我をいたしたとて、為《な》す術《すべ》はございまする」

晴家は信じられないという顔で将左衛門を見た。

境内は夕日に赤く染まっていく。

二十七

清四郎は用意していた焼酎《しょうちゅう》で傷口を洗い、さらに油薬を塗って晒《さらし》を巻いた。その上から白い布をゆるやかに巻きつける。

「伊也殿、もはや弓を力任せに引いてはなりませんぞ。ゆっくりとただ、通すことだけを念じて射るのです」

伊也はうなずくと弓をとり、悲壮な面持ちで矢をつがえた。

ひょお
矢を放つと、行方を見定めた審判役が、太鼓の桴《ばち》を大きく振った。

どーん
――五百一矢なり
あえぐようにして小姓が声をあげる。

伊也はその後も射続けるが、清四郎に手当てをしてもらって、傷の痛みがなくなっただけでなく、体の疲れがとれて軽く感じるようになっているのに気づいた。

（これなら大丈夫かもしれない）

伊也の胸に勇気が湧いてきた。

薄暗くなったため、境内に篝火《かがりび》が焚《た》かれた。薪が燃え、音とともに弾《はじ》けて火の粉が金粉のように散った。

堂形は、ずらりと並んだ篝火で赤く照らし出されて、あたかも能舞台のように見えた。そこで伊也は舞うように矢を射ていく。

弓弦の音が、びゅん、と響き、矢が風を切って飛ぶ音が、境内を異様なほどに緊張させていた。

藩士だけでなく百姓、町人の端々にいたるまでが伊也の一挙手一投足を見守り、矢が無事、堂形を通り抜けるたびに深いため息をもらした。

凄絶《せいぜつ》なまでの伊也の姿を目の当たりにすれば、千射祈願の成就を願わずにはいられなかった。

その後も順調に射続けたが、八百射を射た伊也が、

――あっ
と声をあげた。胸を押さえてうずくまりながらも矢の行方を目で追う。矢にはそれまでの勢いはなかったものの、堂形をなんとか越えた。

伊也はほっとした表情を浮かべたものの、まだ胸を押さえたままだった。清四郎が傍らに片膝《かたひざ》をつき、

「弦が胸に当たりましたな」

と言った。伊也はうなずいた。女人が弓を射る際、弦が胸に当たることは多い。

「不覚にございました。体勢が崩れたようです」

「手当てをなさるか」

女人の胸の手当てをすることに、かすかな戸惑いを覚えながらも清四郎が訊《き》くと、伊也は頭《かぶり》を振った。

「いえ、晒を巻いておりますのでご案じなく」

ようやく立ち上がった伊也は弓を構えたが、胸の痛みだけでなく、ひじの痛みも感

じるようになっていた。

(胸の痛みで心が乱れたのだ)

伊也の額には汗が浮かんでいた。それでも弓を引き絞り、矢を放った。ひじに激痛が走る。

うめいて、伊也は片膝をついた。その様子を遠目に見た靫負が、

「どうやら、やせ我慢もそろそろおしまいのようだな」

とつぶやいた。その声は桟敷中の者たちが耳にしたが、晴家も将左衛門も何も言わない。兵部ですら黙ったまま伊也を見つめている。

青白い月が中天にさしかかった。

篝火の赤い光に縁どられた堂形を月が白く照らしていく。

伊也は立ち上がり、また弓を構えた。

清四郎が心配げに見守る。

ひょお

空気を切り裂く音が怪鳥《けちょう》の鳴き声のように聞こえた。

なおも伊也の〈通し矢〉は続いた。

どーん

——九百矢なり
泣くような小姓の声が響き渡った。

月に青く照らされて、伊也はなおも弓を引いている。雨に濡《ぬ》れ、汗まみれになり、手に白い布を巻いたその姿は凄絶だった。

続けて十矢を射た直後、伊也は、

「不覚——」

とうめいた。手に巻いた白い布がはらりとほどける。矢を射た時、弦が布に引っ掛かったのだ。

清四郎は手当てをしようと、手を見てはっとした。手に巻いた晒が真っ赤に染まっている。

「伊也殿、これは——」

清四郎はたまりかねて伊也の顔を見た。傷口が破れ、無残なことになっている。これ以上続ければ、手が使えなくなるかもしれない。

伊也は薄く笑みを浮かべ、

「手当てをお願いいたします」

と手を差し出した。凄愴《せいそう》な気配が伊也に漂っていた。

清四郎はやむなく伊也の手当てをした。また白い布を巻いた伊也の手を、清四郎は

両手で押し包み、

「伊也殿、もう十分になされましたぞ」

と囁《ささや》くように言った。

伊也は微笑して答えた。

「まだにございます」

再び弓をとった伊也は、また矢を射始めた。

太鼓の音と、矢数を唱える小姓の声、篝火の弾ける音のほかは、規則正しい弓弦《ゆづる》と、矢が風を切る響きだけで、境内は静まり返っていた。

どーん
――九百九十矢なり
かすれた声がわずかに聞こえた時、ひとびとはどよめいた。

後、十矢で千射祈願が成就するのだ。

先ほどから伊也の着物や顔には紅《あか》いものが点々とついていた。矢を射るたびに掌《てのひら》の傷口から染み出た血が、弦によって弾かれて飛ぶのだ。

伊也は血に染まりながら矢を射ていた。

八十郎が伊也から目をそらさぬまま、将左衛門に近づき、

「日置流雪荷派の極意、しっかとこの目に焼きつけましたぞ」

と感嘆したように言った。将左衛門が珍しくしみじみとした口調になった。

「新納左近殿がそれがしに、伊也は天弓愛染明王のごとしと申された。わが娘ながら、いまはまことにさように見えております」

「おお、まさに天弓愛染明王じゃ」

八十郎は嘆声をあげてつぶやいた。

伊也は堂形でいささかも揺るぎなく矢を射ている。矢の先にある魔を祓《はら》うかのようだ。その時矢を射た伊也が、

――あっ
再び声をあげて頽《くずお》れた。

「伊也殿、いかがなされた」

清四郎が駆け寄って抱え起こすと、伊也の胸に血が滲《にじ》んでいる。

「また、弦が胸に当たりましたか」

迷いながらも手当てをしようと伸ばしかけた清四郎の手を、伊也の手が制した。

「大丈夫でございます」

苦しげにしながら立ち上がろうとするが、体が思うように動かない。千射は無理ではないか、と誰もが思った。

靫負が八十郎に向かって叫んだ。

「もはや、起き上がれぬぞ。千射祈願はならなかったのだ。これにて打ち切りといたせ」

靫負に急《せ》かされて八十郎は厳しい表情で堂形を見つめていたが、やがておもむろに足を踏み出そうとした。

いかに伊也でも、もはや立ち上がれないのではないか。女人の身で、あまりに体を痛めては不憫《ふびん》だ、という慮《おもんぱか》りが、八十郎の胸にあった。

八十郎がゆっくりと堂形に歩み寄ろうとした時、

「待てっ——」

兵部が声をかけた。

八十郎が歩みを止めると、兵部は晴家を振り仰いだ。

「殿、お言葉があると存じまするが」

晴家は大きくうなずいて立ち上がると、声を高くした。

「将左衛門の娘、わしはそなたの千射祈願に、おのれのこれからの道を託した。ひとは思いが深ければ何事でもなせるものなのかどうか。わしのごとく愚かな者であろうとも、なさんという思いがあれば、何事かをなせるかどうかを。それゆえ、立ってそなたの命の矢をわしに見せよ」

晴家は伊也に真剣な眼差《まなざ》しを注いだ。

――主命であるぞ

という兵部の声が響き渡った。兵部もまた伊也の千射祈願に心を打たれていたのだ。

靫負は信じられないものを見るように呆然《ぼうぜん》としている。

晴家が何を望んでこの千射祈願に臨席したのか、誰もが理解した。兵部ですら、晴家の意に添おうとしている。

伊也は片手で体を支え、よろよろと起き上がった。

「承って候――」

起き上がった伊也は弓を構えた。きりりと引き絞り、ひょおと放つ。一矢、また一矢、ひとびとが見守る中、矢が飛んでいく。

その矢は伊也の血で赤く染まっていた。見る者たちは、月光に照らされて飛ぶ、命の矢を見続けた。

どーん

――九百九十九矢なり

切れ切れの声が聞こえた。境内はしんと静まり返った。

清四郎から最後の矢を受け取ろうとした伊也の体が大きく傾いた。あえいで息も絶え絶えの様子だった。

涙を流しながら伊也の弓射を見続けていた初音は気づかぬうちに左近から教わった

催馬楽《さいばら》を口ずさんでいた。

あな尊
今日の尊さや
いにしえも　はれ
いにしえも　かくやありけむや

可憐《かれん》な唄声《うたごえ》が境内にいるすべてのひとの耳に届いた。その唄を聞いた伊也は、むくりと体を起こし、弓を手にした。

弓弦を引き絞りながら、伊也の口からも唄がもれた。

今日の尊さ
あはれ
そこよしや　今日の尊さ

伊也の脳裏には父母や初音の顔が浮かんでいた。
左近が思い出され、何よりこの身を支えてくれている清四郎のことが思われ、涙があふれそうだった。

この一矢を射なければならない。この一矢に自分が愛《いと》おしく思っているひとびとの思いがかけられているのだ。

すべてのひとびとにかかる災厄を祓い、この世に平安をもたらすべし。そのためにこそ、降魔《ごうま》の矢は射られるのだ。

伊也は叫んだ。

「わが想いは一筋の矢の如し、届け――」

必死の思いで引き絞った弦を放して矢を射た。その瞬間、伊也はゆっくりと頽れていく。清四郎が伊也の体を抱きとめた。

どーん
――千矢なり
ひと際、甲高い声が響き、ひとびとが喚声をあげた。その騒《ざわ》めきを伊也は清四郎の胸に抱かれて聞いた。

晴れやかな笑みが伊也の顔に浮かんでいた。

伊也の千射祈願成就の後、渡辺兵部は自ら家老職を辞し、隠退した。三浦靫負は側《そば》用人《ようにん》の職を解かれ大坂屋敷在番を命じられた。

代わって将左衛門が次席家老に昇格した。また、千賀谷姓に復した新納左近には所領が与えられ、一門衆として執政のひとりに加えられた。晴家は左近に対し、

「今後、永く、わしを助けよ」

との言葉を与えた。これにより、晴家が藩政を左近にゆだねることが明らかになった。

この際、左近はあらためて将左衛門に、

「初音殿を妻に迎えたい」

と申し出た。将左衛門がこのことを伝えると初音は頬を染め、喜びの表情を見せた。すでに清四郎との縁組が決まっていた初音を左近が望んだことに、将左衛門は、

「難しいことになった」

と困惑した。だが、左近はひそかに晴家に願い出ていた。左近から初音を妻に迎えたいと聞いた晴家は、笑って、

「左近を一門衆に迎える引き出物じゃ」

と将左衛門に告げた。晴家のお声がかりで樋口家との縁談は解消される運びとなったのだ。その後、あらためて清四郎は伊也を娶《めと》りたいと将左衛門に申し出た。

将左衛門は妹と姉を取り換えることになる縁組に返事を渋ったが、これもまた晴家から、

「子が生まれたら日置流雪荷派を継がせよ」

との命があって婚儀が決まった。

伊也は、意外な事の成り行きに呆然としながらも、胸には温かなものが満ちた。将左衛門から意のあるところをあらためて訊《き》かれた伊也は恥じらいながらも、

「わたくしが夫と思うお方は清四郎様のほかにございません」

と答えた。左近が唄った催馬楽の、

――逢《あ》える夫《せな》かもや
という詞が胸に響いていた。

伊也と初音はそろってこの年の冬、華燭《かしよく》の典をあげた。

翌年正月、伊也は京都在番となった夫の清四郎とともに旅立った。三十三間堂の〈通し矢〉に挑むためである。

伊也と清四郎が京へ向かったのは、早蕨《さわらび》の萌《も》え出《い》づるころだった。

解説　ひたぶるに生きる

島内景二

太宰治の『走れメロス』では、メロスとセリヌンティウスの熱い友情が、邪智暴虐《じゃちぼうぎゃく》の王ディオニスの冷たい心を融かした。『さわらびの譜』では、「弓矢小町《ゆみやこまち》」の異名をとる女性弓士《きゅうし》・有川伊也《いや》の放つ「愛の矢」が、藩主や次席家老の暗愚な猜疑心を融かす。伊也に感情移入して、読むも良し。伊也によって凝り固まった心を解《ほど》かれ、温かい心を取り戻した側に立って読んでも楽しい。

「伊也」という名前を目にして、戦国時代の細川伊也を連想する読者も多いだろう。暗殺された夫一色義定《いっしきよしさだ》の仇を討つために、兄である細川忠興《ただおき》の顔面を懐刀で切り裂いたとされる女傑である。だが、安心してほしい。有川伊也は、細川伊也とは似ていない。「伊」という漢字の旁《つくり》である「尹」には、「治める、正《ただ》す」という意味がある。あふれ出る思いを沈静化させ、正道を逸脱したものを元に収める。大いなる愛を胸に納めて、愛の力で世界秩序を安定させ、危機を乗り切る。それが、有川伊也の射る「女の弓」である。

「伊」という漢字に関して、中世初期にも象徴的な解釈がなされたことがある。現代人にはこじつけとも思えるが、『伊勢物語』というタイトルは「妻夫《めおと》物語」を意味しており、理想の夫婦関係（＝恋愛）がテーマだとする説である。「伊」が「陰＝女」で、「勢」が「陽＝男」だというのだ。

日置流雪荷派《へきりゅうせっかは》の弓術を伝える伊也と、大和流の弓士・樋口清四郎は、絵に描いたような「伊勢（陰陽）」の好一対である。清四郎が、馬上から放った矢で伊也の窮地を救う場面は、「弓馬《きゅうば》の道」と謳《うた》われた武士道の原点を彷彿《ほうふつ》とさせる。清四郎が、『平家物語』の伝説的な弓の達人である那須与一《なすのよいち》に喩えられ、「武門のはなやぎ」とされるのも肯《うなず》ける。

だが、伊也と清四郎の二人は、結ばれてはならない運命に、引き裂かれていた。何と、伊也の妹で愛らしい初音《はつね》が、清四郎の許婚《いいなずけ》となるのである。伊也と初音の父である将左衛門《しょうざえもん》は藩を立て直すために奮闘しており、清四郎も将左衛門に協力している。

藩政を立て直そうとする善意の陣営には、新納左近《にいろさこん》もいる。彼の素性は不明であり、その謎解きが本書の眼目の一つともなっている。藩政を正そうとする将左衛門、清四郎、左近たちの男性陣の戦いは、勝利に終わるのか。それとも、挫折するのか。勝敗を決するのは、女性である伊也の放つ、心と世界を正す矢だった。伊也の矢は、自分と初音、そして清四郎と左近の四人が入り乱れる複雑な恋愛関係までも正せるのか。そこにも、読者の目は吸い寄せられる。

読者が伊也に肩入れしてしまうのは、彼女の心根《こころね》が潔く、かつ清らかだからだ。伊也の愛唱歌が、それを雄弁に物語っている。

石ばしる垂水《たるみ》の上のさわらびの萌え出づる春になりにけるかも（『万葉集』）

天智天皇の第七皇子でありながら、政争とは無縁に生き、清明でのびやかな歌風で知られる志貴皇子《しきのみこ》の早春歌である。若々しく、ひたむきで、清々しい。この歌の「さわらび」が、伊也の求める理想である。一方、姉の伊也を慕う妹の「初音」も、早春にちなむ名前である。こちらは、鶯《うぐいす》の初音、さらには春を告げる梅の香を伝える東風《こち》のイメージである。透き通ってよく通る初音の歌声は、至難の戦いに挑む伊也を勇気づける。

だが左近は、初音に悲しい話を教えた。文武両道に優れている左近は、学問で身を立てようとするほどで、『源氏物語』にも造詣が深い。宇治十帖の「早蕨《さわらび》」巻には、宇治で暮らす大君《おおいぎみ》・中君《なかのきみ》という、仲の良い二人姉妹が登場する。この姉が、不幸な死を遂げてしまう。

宇治の姉妹の父親は八《はち》の宮《みや》と言い、光源氏の異母弟だが、政治に翻弄されて不遇な一生を終える。光源氏の子である薫《かおる》（実は不義の子なので、血はつながっていない）

が、大君に好意を抱く。しかし大君は、若くて美しい妹の幸福を優先し、薫に、自分ではなく中君と結婚してほしいと願う。薫は、親友の匂宮《におうみや》と中君の仲を取り持つが、色好みの皇族である匂宮は、公務もあるので足繁《しげ》くは宇治へ通えない。結婚した妹が不幸だと思い込み、絶望した大君は、若くして死去する。姉の没後に、妹が「さわらび」を見ながら、亡き姉の優しさを偲ぶのが、早蕨の巻なのである。

大君と薫の悲劇は、アンドレ・ジード『狭き門』と酷似している。薫がジェローム、大君がアリサ、中君がジュリエットである。私は常々、葉室麟の文学観や倫理観の根幹には、『狭き門』があるのではないかと思っている。『さわらびの譜』は、葉室麟の青春譜だったのではないか。「狭《せま》き門《もん》より入《い》れ、滅《ほろび》にいたる門は大きく、その路《みち》は広く、之《これ》より入《い》る者おほし。生命《いのち》にいたる門は狭く、その路は細く、之を見出《みいだ》すもの少なし」（マタイ福音書）。葉室麟は、正しい人生、あるべき人生に至るために、狭き門より入ろうとした。伊也も、清四郎も、初音も、左近も、将左衛門も、そして嫌われ役として登場する藩主の千賀谷晴家《ちがやはるいえ》も、次席家老の渡辺兵部《わたなべひょうぶ》も、皆が狭き門から、本当の自分自身へと至る道を歩もうとしている。その手本を鮮やかに示したのが、狭い格子戸すらも通す伊也の矢である。

「狭き門」とは、葉室にとって「武士道」そのものである。『さわらびの譜』は、日置流雪荷派の弓術の奥義と重ね合わせるようにして、葉室流文学道の神髄が語られている。

狭き門から入り、歴史・時代小説の深奥へと歩み続け、現代日本の基盤へと向かう葉室は、おのずと宇治十帖とも道を分かった。紫式部は、姉妹を「父親失格」である八の宮の娘として描き、過酷な人生に、ぽんと放り出した。財産も残さず、「宇治の山里で独身を通せ」と遺言する父親に、娘への愛はない。紫式部は、人間の親子愛や、男女の愛を信じていない。信じないけれども、信じたかった。その二律背反《アンビバレンツ》が、『源氏物語』を生んだ。

葉室麟は、人間関係の希薄な現代を生きている。だから、親子の情愛と、男女の恋愛を信じねばならぬと考え、かつ信じた。それゆえ葉室は、宇治十帖の「早蕨」の巻の悲劇を大幅に書き改めて、『さわらびの譜』の世界を構想した。伊也の父である将左衛門や、心の中の「思い人」である清四郎は、見事なまでに武士道を体現している。また、左近にも、宇治の匂宮のような好色さがない。女を幸福にできる男にして、初めて男自身も幸福になれるのだと、葉室麟は訴える。

伊也は、藩主の猜疑心を融かすために、「千射祈願《せんしゃきがん》」に挑むことになった。「通し矢」で有名な京都の三十三間堂《さんじゅうさんげんどう》の軒下は、正確には六十六間（約百二十メートル）もある。これを模して作った堂形《どうがた》で、千本の矢をただの一本の失敗もなく、すべて射通さねばならぬ難行である。藩主の心は、この奇跡によってしか癒されないほどに歪《ゆが》んでいた。

藩主の千賀谷晴家は、中国古代の桀《けつ》・紂《ちゅう》、日本古代で何一つ良いことをしなかったとされる武烈《ぶれつ》天皇、乱行大名の代名詞である松平忠直《ただなお》のイメージで登場してくる。忠直の非道を描いた半井桃水《なからいとうすい》の『石の俎《まないた》』には、妊婦の腹を割《さ》いて取り出した赤子を石の俎に叩きつけて殺害することや、弓の名人同士を正面から決闘させて両者を死に至らしめたことなどが列挙されている。『さわらびの譜』では、伊也と清四郎が弓の対決をしただけでなく、それぞれの師匠である将左衛門と磯貝八十郎も弓の対決を命じられかけた。藩主の晴家は、松平忠直にも匹敵する心の闇を抱え、悶え苦しんでいる。だから、矢のように一直線に生きる伊也の姿がまぶしい。矢のように一筋に、真っ直ぐに生きる姿は、美しい。

かつて、左近は初音に、『源氏物語』早蕨の巻について話した時に、結論として、「想いは伝わるようでいて、伝わりません。ひとの想いとは、なかなか悲しくせつないものです」と語った。人の想いは、なかなか伝わらない。家臣が藩主を想う心も、藩主の側のたゆたう心も、家臣に伝わらない。だから、『源氏物語』早蕨の巻のような悲劇が起きた。

伊也は、矢のような心で、想いを伝えようとする。父や妹への感謝の想い、藩主を立ち直らせ藩の暗雲を取り除きたいという想い、清四郎の幸福を祈る想い。

《「わが想いは一筋の矢の如し、届け――」》

一筋に、ひたむきに想う心。私は、『源氏物語』や『伊勢物語』で用いられている「ひたぶる」あるいは「ひたぶるに」という言葉を思い出し、心が熱くなるのを感じた。「ひたぶる」は、漢字では「一向」などと書く。ひたすら一つの方向へと心を集中させることである。これが可能なのは、女が男を真心から強く恋うように、人生と世界の真実を激しく恋うる時だけである。

その「ひたぶる」な矢の化身である伊也ですらも、千射祈願の途中で、何度か心が乱れた。「ひとは思い通りには生きられないのではないでしょうか」という伊也の言葉には、深い迷いと哀しみがある。実はこの思いこそ、暗愚な藩主である晴家が、苦しみ続けてきた人生の壁だった。伊也は初めて、晴家と同じ不如意《ふにょい》の壁に直面した。だからこそ、ひたぶるに困難を突破しようとする彼女の想いが晴家の心に伝わったのだ。

清四郎は男の弓、伊也は女の弓。「男子の武の心は、仏で申すならば不動明王でありましょう」、「女人の武の心は愛染明王《あいぜんみょうおう》のように思えます。愛染明王は、ひとの煩悩そのものですら仏心に通じることを教える仏だということです」という左近の言葉が、伊也のひたぶるな心を、あますところなく読者に伝える。左近は伊也を、天に向かって矢を放つ天弓《てんきゅう》愛染明王に喩えた。

私は、二〇一四年十月、サントリー美術館で開催された「高野山開創一二〇〇年記念 高野山の名宝」展で、金剛峯寺《こんごうぶじ》の天弓愛染明王坐像と不動明王坐像（共に重要文化財）を見て、その気迫に圧倒された。これが、ひたぶるな愛の表情なのか。なるほど、これほどに強い想いがあれば、二十一世紀の世界を覆い尽くしている邪気も、愛の矢で打ち払えるだろう。私は改めて、爽やかな『さわらびの譜』に込められた葉室麟の凄絶にして凄愴な覚悟をかいま見たように思った。

（国文学者・文芸評論家）

本書は、二〇一三年九月に小社より刊行された単行本を文庫化したものです。

さわらびの譜《ふ》

葉《は》室《むろ》麟《りん》

平成27年 12月25日　初版発行
令和7年 4月10日　23版発行

発行者●山下直久

発行●株式会社KADOKAWA
〒102-8177　東京都千代田区富士見2-13-3
電話　0570-002-301（ナビダイヤル）

角川文庫 19504

印刷所●株式会社KADOKAWA
製本所●株式会社KADOKAWA

表紙画●和田三造

ISBN978-4-04-103649-5　C0193

角川文庫発刊に際して

角川源義

第二次世界大戦の敗北は、軍事力の敗北であった以上に、私たちの若い文化力の敗退であった。私たちの文化が戦争に対して如何に無力であり、単なるあだ花に過ぎなかったかを、私たちは身を以て体験し痛感した。西洋近代文化の摂取にとって、明治以後八十年の歳月は決して短かすぎたとは言えない。にもかかわらず、近代文化の伝統を確立し、自由な批判と柔軟な良識に富む文化層として自らを形成することに私たちは失敗して来た。そしてこれは、各層への文化の普及滲透を任務とする出版人の責任でもあった。

一九四五年以来、私たちは再び振出しに戻り、第一歩から踏み出すことを余儀なくされた。これは大きな不幸ではあるが、反面、これまでの混沌・未熟・歪曲の中にあった我が国の文化に秩序と確たる基礎を齎らすためには絶好の機会でもある。角川書店は、このような祖国の文化的危機にあたり、微力をも顧みず再建の礎石たるべき抱負と決意とをもって出発したが、ここに創立以来の念願を果すべく角川文庫を発刊する。これまで刊行されたあらゆる全集叢書文庫類の長所と短所とを検討し、古今東西の不朽の典籍を、良心的編集のもとに、廉価に、そして書架にふさわしい美本として、多くのひとびとに提供しようとする。しかし私たちは徒らに百科全書的な知識のジレッタントを作ることを目的とせず、あくまで祖国の文化に秩序と再建への道を示し、この文庫を角川書店の栄ある事業として、今後永久に継続発展せしめ、学芸と教養との殿堂として大成せんことを期したい。多くの読書子の愛情ある忠言と支持とによって、この希望と抱負とを完遂せしめられんことを願う。

一九四九年五月三日

角川文庫ベストセラー

武田家滅亡　伊東潤

戦国時代最強を誇った武田の軍団は、なぜ信長の侵攻からわずかひと月で跡形もなく潰えてしまったのか？　戦国史上最大ともいえるその謎を、本格歴史小説界の俊英が解き明かす壮大な歴史長編。

山河果てるとも　天正伊賀悲雲録　伊東潤

「五百年不乱行の国」と謳われた伊賀国に暗雲が垂れ込めていた。急成長する織田信長が触手を伸ばし始めたのだ。国衆の子、左衛門、忠兵衛、小源太、勘六の4人も、非情の運命に飲み込まれていく。歴史長編。

北天蒼星　上杉三郎景虎血戦録　伊東潤

関東の覇者、小田原・北条氏に生まれ、上杉謙信の養子となってその後継と目された三郎景虎。越相同盟による関東の平和を願うも、苛酷な運命が待ち受ける。己の理想に生きた悲劇の武将を描く歴史長編。

道三堀のさくら　山本一力

道三堀から深川へ、水を届ける「水売り」の龍太郎には、蕎麦屋の娘おあきという許嫁がいた。日本橋の大店が蕎麦屋を出すと聞き、二人は美味い水造りのため力を合わせるが。江戸の「志」を描く長編時代小説。

ほうき星　(上)(下)　山本一力

江戸の夜空にハレー彗星が輝いた天保6年、江戸・深川に生をうけた娘・さち。下町の人情に包まれて育つ彼女を、思いがけない不幸が襲うが。ほうき星の運命の下、人生を切り拓いた娘の物語、感動の時代長編。

角川文庫ベストセラー

忠臣蔵心中　火坂雅志

世を騒然とさせた赤穂浪士による吉良上野介邸討ち入り。今なお語り継がれる大事件の陰に、もう一つのドラマがあった！　おのれの命を賭して意地を貫いた男たちと、新たな忠臣蔵を描く長編時代小説。

新編忠臣蔵㈠　吉川英治

江戸城の松の廊下で、浅野内匠頭が吉良上野介を斬りつけた事件。その背景には、何があったのか……国民的作家が、細部まで丁寧に描いた、忠臣蔵の最高傑作がいまここに！

新編忠臣蔵㈡　吉川英治

主君の仇を取るために江戸へ下った、四十七人の赤穂浪士たち。吉良邸討ち入り前日、彼らの熱い想いが詳細に描かれる！　綿密に計画された復讐は成功なるか⁉　忠臣蔵、完結編。

四十七人の刺客（上）（下）　池宮彰一郎

江戸城内で藩主浅野内匠頭の起こした刃傷事件を発端に、播州赤穂藩廃絶の決定が下された。藩主の被った汚名を雪ぐため、家老大石内蔵助は策を巡らす。まったく新しい視点で書かれた池宮版忠臣蔵！

最後の忠臣蔵　池宮彰一郎

血戦の吉良屋敷から高輪泉岳寺に引き揚げる途次、足軽・寺坂吉右衛門は内蔵助に重大な役目を与えられる。生き延びて戦の生き証人となれ。死出の旅に向かう四十六人を後に、一人きりの逃避行が始まった。

角川文庫ベストセラー

角川文庫ベストセラー

光秀の定理　垣根涼介

牢人中の明智光秀が出会った兵法者の新九郎と、路上で博打を開く破戒僧・愚息。奇妙な交流が歴史を激動に導く。光秀はなぜ瞬く間に出世し、滅びたのか……「定理」が乱世の本質を炙り出す、新時代の歴史小説！

人斬り半次郎（幕末編）　池波正太郎

姓は中村、鹿児島城下の藩士に〈唐芋〉とさげすまれる貧乏郷士の出ながら剣は示現流の名手、精気溢れる美丈夫で、性剛直。西郷隆盛に見込まれ、国事に奔走するが……。

戦国と幕末　池波正太郎

戦国時代の最後を飾る数々の英雄、忠臣蔵で末代まで名を残した赤穂義士、男伊達を誇る幡随院長兵衛、そして幕末のアンチ・ヒーロー土方歳三、永倉新八など、ユニークな史観で転換期の男たちの生き方を描く。

新選組血風録　新装版　司馬遼太郎

勤王佐幕の血なまぐさい抗争に明け暮れる維新前夜の京洛に、その治安維持を任務として組織された新選組。騒乱の世を、それぞれの夢と野心を抱いて白刃とともに生きた男たちを鮮烈に描く。司馬文学の代表作。

司馬遼太郎の日本史探訪　司馬遼太郎

歴史の転換期に直面して彼らは何を考えたのか。動乱の世の名将、維新の立役者、いち早く海を渡った人物など、源義経、織田信長ら時代を駆け抜けた男たちの夢と野心を、司馬遼太郎が解き明かす。